魔幻偵探所

22

幽靈船

關景峰　著

新雅文化事業有限公司
www.sunya.com.hk

魔幻偵探所

人物介紹

南森

身分：魔幻偵探所創辦人、領頭羊

年齡：120歲

畢業學校：斯塔福德學院（伏魔系）

學位：博士

捉妖經驗：108年，獲得「捉妖能手」、「怪獸剋星」等稱號

性格：遇事鎮定、善於思考，生氣時聽到幾句好話氣就消了

最具殺傷力的武器：
顯形粉、捆妖繩、無影鋼鐵牆

海倫

身分：魔幻偵探所成員，南森的得力助手

年齡：13歲

畢業學校：劍橋大學（法術系）

學位：學士

捉妖經驗：1 年

性格：開朗、逢事觀察細緻，吵架時總讓着本傑明

最具殺傷力的武器：捆妖繩、凝固氣流彈

倫敦貝克街 1 號有一家 **魔幻偵探所**，
成員們精通魔法，法術高明，在一系列緊張
而又富於冒險性的偵探過程中，他們並肩作戰，
成功偵破了一宗又一宗錯綜複雜、
動人心魄的魔怪案件。

本傑明

身分：魔幻偵探所實習生

年齡：11 歲

就讀學校：牛津大學（捉妖系）

捉妖經驗： 3 個月

性格：聰明淘氣、遇事毛躁

最厲害的戰術：非常規戰術

保羅

身分：魔幻偵探所機械狗

年齡：100 歲

工作能力：無所不知的電腦資料庫，善於用百分比分析事物

性格：異想天開、調皮、懶惰

最喜歡的食物：潤滑油

最具殺傷力的武器：追妖導彈

特級裝備

捆妖繩

能夠對準魔怪迅速旋轉收縮，將它捆緊綁實，繩子一旦落到魔怪身上，就像嵌入肉裏，魔怪越掙脫綁得越緊，當然放繩子時可要放得準才行。

無影鋼鐵牆

這堵牆其實就是氣流，它把氣流變成了無影無形的鋼鐵牆壁，能將敵人困在其中，衝不出去。

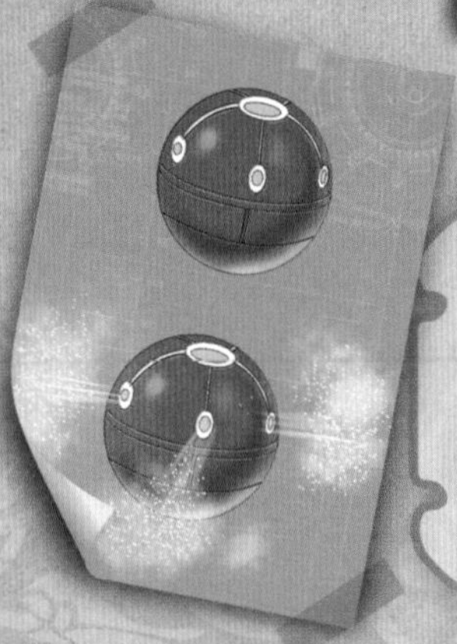

顯形粉

這是一種非常神奇的粉末，即使魔怪偽裝、隱形了也完全能顯現出它的原形。對了，「顯形」就是「現出原形」的意思！

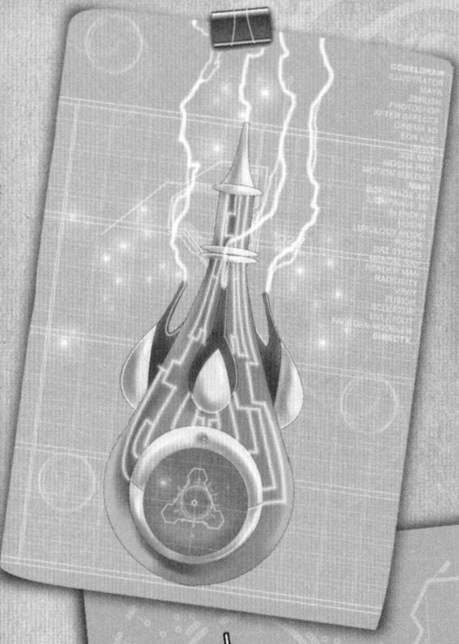

裝魔瓶

能把魔怪收進裏面，使其在三天內化成清水的神奇瓶子。即使魔怪身形再龐大，也能收進瓶內。

幽靈雷達

能夠準確測定氣流存在的方位，並及時發出警報的裝置。它能跟蹤、測定魔怪在哪裏。不過，如果魔怪的魔力非常強，幽靈雷達有時候也可能測不到，它的更強大的功能還有待你去改進！

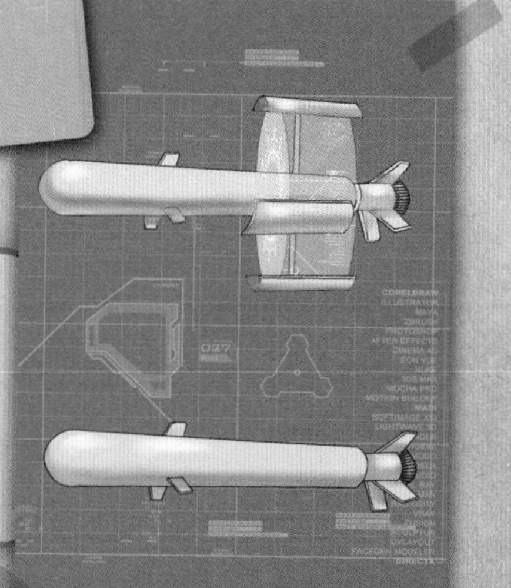

追妖導彈

能夠自動尋找魔怪，進行智能追蹤的導彈，這種導彈威力比較大，一般魔怪根本抵抗不了。

魔幻偵探開始行動！

目錄

第一章	海上內河船	8
第二章	空降內河船	14
第三章	攻擊失敗	23
第四章	很多魔怪	31
第五章	遇到哈格長老	40
第六章	空中導彈攻擊	53
第七章	幽靈挾持人質	63
第八章	巨輪上的對峙	75
第九章	破解難題	85
第十章	小精靈搶下人質	95
第十一章	幽靈不見了	109
第十二章	最佳攻擊時間	121
尾聲		135
推理時間		139

第一章　海上內河船

「海德這個奸商，就知道壓我們的價。」一條漁船的駕駛艙裏，一個駕駛着船的男子抱怨起來，他的年紀有四十多歲，看上去像個船長，「我們有多辛苦他又不是不知道！」

「是的，上次我們的蝦絕對都是一級的，他硬給壓到二級的價！」駕駛艙裏另一個年輕男子憤憤地說，「這次我們不賣給他了。」

「要是再壓價，我們就去鮑德西的碼頭卸貨，我已經問過了，那裏的收購價很公道。」

「好呀，也只不過再向南行駛十多公里，我們的蝦壞不了。」年輕男子頓時興奮起來，「船長，就這樣辦。」

「希望今天海德不要壓價！」船長說完輕蔑地哼了一聲，「否則別……嗯？那是幹什麼？」

「怎麼了？船長？」年輕男子連忙問。

「看那條船，直衝我們這邊開過來，他想幹什麼？」船長皺着眉。

茫茫大海之上，三百米外，一條小船徑直向漁船衝過來，速度越來越快。

「真是瘋了！開船的人一定是喝醉了！」船長説着打開了船的大燈，燈光直射向那條小船，「哦，真是瘋了，那是一條內河船！迪克，你出去看看。」

「內河船怎麼開到海上來了？」叫迪克的年輕人説着出了駕駛艙，來到甲板上。

海面上十分平靜，沒有風，更沒有浪，高掛的月亮將海面照射得波光粼粼。不遠處，那條小船後部的駕駛艙透出微微的光，距離漁船越來越近了。看上去小船要正面撞擊漁船。

「前面的船注意，你在我的航道上——」船長拿起擴音器，把身子探出艙外，「請注意——」

小船沒有一絲避讓的意思，還是直直地衝着漁船撞了過來。

「船長小心！」甲板上的迪克已經衝到了船頭，他慌忙向駕駛艙跑去，「距離我們不到一百米了。」

「瘋子！」船長大聲罵道，隨後猛打方向舵。

漁船隨即左轉，這個避讓動作就是給小船讓路，船長判斷小船的駕駛者一定是喝醉了。

小船這時似乎也減速了，但巨大的慣性還是使它直直地衝過來，兩艘船只有二、三十米的距離了，漁船完全偏離了原航道，向左面駛去，加速後的小船衝了過來，還好，由於及時避讓，兩船沒有相撞，小船終於在海面上停了下來，這條小船有七、八米長。

「我要殺了他！」漁船船長停下船，他回頭望着停下的小船，憤怒到了極點。

「船長，那條船的駕駛艙裏好像沒人！」這時迪克緊張地過來説道，「我剛才就在右側甲板上，內河船從我們側面衝過去，但我沒看到駕駛員。」

「無人駕駛？」船長一愣，他看看身後那條小船，隨機啟動發動機並掉頭，「去看看。」

漁船掉了頭，很快，他們就開到小船旁邊，船長停下船，向小船的駕駛艙看了看，駕駛艙裏有燈光透出，但不見人影。小船的船頭一側寫着一個號碼——19。

「沒有人，船怎麼停下了呢？」船長看看迪克，「駕駛員一定是酒醒了，不敢見我們，我們去看看他到底是誰？」

「船長，你可不要揍他……」

兩人出了駕駛艙，隨後翻過船舷，跳在比漁船低一米的小船甲板上，隨後沿着甲板向駕駛艙走去。

「喂——出來吧，別躲着了——」船長喊着拉開艙門，兩人進了駕駛艙。

凌亂的駕駛艙裏空無一人，駕駛艙不大，只有一扇門，裏面所有的東西都在視線範圍內。船長原以為那個駕駛員蜷縮着躲在某個角落裏，但這裏顯然沒有人，船長頓時一愣，他和迪克對視一下，隨後向駕駛艙外望去，這是一條內河運輸船，駕駛艙在船的尾部，借着月光可以看到貨艙是空的，沒有誰躲在裏面，前甲板上也沒有人。

這是一艘無人駕駛的船。

「沒人跳下去吧？」船長驚恐地看着迪克問。

「沒有，我一直看着呢，沒人跳下去。」

「這、這……」船長説着又看了看駕駛艙。

駕駛艙裏，亂七八糟的，有個水杯掉在地上，一些文件也丟在地上，木質的駕駛台上還有一個像是被誰砸開的破洞，洞口周圍的木茬尖尖的，像是猛獸的牙齒。

忽然，地上的水杯輕輕地動了一下，不是船長碰的，也不是迪克碰的，他倆也都沒有發現這一情況。

「怎麼回事？」迪克説着開始往船長身後躲避，他很怕，他還從來沒有遇到這樣的情況，「叫湯瑪斯也來看看吧……」

忽然，海上起了一點小浪，內河船不禁晃了一下。

「哎呀！」迪克沒有站穩，喊了一聲，手正好扶在破洞上，「啊——」

「當心！」船長一手扶着牆壁，一手去扶迪克。

幾滴血從迪克的手掌上滴下來，一根木刺扎進了迪克的手掌，迪克痛得叫了起來。

水杯又動了一下，忙着看迪克傷勢的船長沒有察覺到這一情況。

大海之上，月光之下，內河船顯得那樣的孤寂，此時海面上有海浪微擺起來，內河船也擺了兩下。

「啊——啊——」兩聲慘叫突然打破了寧靜。

一股鮮血噴濺到小船駕駛艙的玻璃上，隨後，一切再次轉入寂靜。

第二章　空降內河船

「鈴——鈴——鈴——」一陣急促的電話鈴聲，在午夜十二點打破了薩福克郡海邊凱辛蘭小鎮一家旅館的寧靜，這個小鎮在英格蘭的東部。

本傑明從房間裏走出來，他懶洋洋的，十分不情願地拿起客廳裏的電話，然後坐在沙發上。

「喂？你找誰？」

「我找南森博士！」電話裏的聲音非常急促，「是本傑明吧，我是前天下午和你們一起釣魚的莫維爾，請馬上叫博士接電話，情況緊急！」

「是莫維爾警司？」本傑明意識到了什麼，他轉過頭對着南森博士的房間大喊，「博士——莫維爾警司有急事——」

很快，博士從自己的房間走出來。

「……好、好，我們馬上來……」博士説着放下了電話，他神情緊張，看看保羅，「老伙計，去海倫的房間叫她起來。」

「博士，怎麼了？」本傑明連忙問道。

「海上有魔怪殺人！」博士看看本傑明，「具體就知道這麼多，我們要去事發地看看，拿上幽靈雷達，我們去海邊，直升機五分鐘後到。」

這時，海倫也起來了，他們一起出了門。這家旅館出門後跨過一條公路，向東五十米就是海灘，他們剛到海灘，就聽到頭頂響起直升機的轟鳴聲。緊接着，一道燈光從直升機上射下來。大家抬起頭，只見一大一小兩架直升機飛了過來，直升機上的人也看到了他們，一分鐘後，那架大的直升機降落在他們身邊，不過沒有熄火，直升機的前排艙門被推開，一個人向他們拚命招手。

博士和三個小助手快步向直升機跑去，螺旋槳帶動的風吹亂了他們的頭髮，他們上了直升機的後排座位，博士關上艙門，直升機隨即升空。

博士他們這次是來薩福克郡的凱辛蘭鎮度假的，剛好，薩福克郡的警察總長莫維爾前天也在凱辛蘭鎮度周末，他和博士早就認識，大家還在一起釣魚，他知道博士他們要後天才回倫敦。

直升機升空後，急速向大海方向飛去，莫維爾回過頭來，嚴肅地看着博士。

「博士，半個小時前，一條漁船在海上遭遇到了魔怪的襲擊，兩人死亡，好像是一條內河船裏的魔怪幹的，現

在那條內河船向荷蘭方向逃去。我知道你們就在旅館，現在就帶你們去追那條內河船。」

「內河船裏的魔怪？」博士他們都很吃驚，這種情況很罕見，一般魔怪都是在陸地上活動，即使在海上，也都是躲在遊輪等大型海面船隻上，「怎麼確定是魔怪呢？」

「有目擊者。」莫維爾說，「被襲擊的漁船裏一共有三個人，兩人大概是登上那條內河船後遇襲的，他們登船的時候第三個人在漁船內艙睡覺，起來後看見兩個伙伴被什麼東西扔進了海裏，兩個伙伴是懸浮着出了內河船的駕駛艙後被拋進海裏的。他觀察了內河船內外，一個人也沒有，兩個死去的人怎麼能懸浮着移動呢？目前唯一的解釋就是他們被某種魔怪挾持着。」

「哦，真是可怕。」本傑明看看海倫，「要是這樣說，有可能是魔怪作案。」

「他是怎麼報案的？」博士問道。

「內河船在沒有駕駛員的情況下開走了，這使目擊者更加肯定內河船裏有魔怪，那船開走後，他不敢去追，用漁船上的衛星電話報告給了海事與海岸警衛隊，隨後又向漁船停靠港口的索思沃爾德警察局報案，警察局聽說是魔怪案件，按程序報到我這裏，讓我求助魔法師聯合會，我知道你就在海岸邊上，於是直接通知你了。」

「很好。」博士點點頭，「那麼海事與海岸警衛隊是怎樣安排的？」

「魔怪作案，他們也無能為力，不過已經派出了摩托艇趕往案發地，我建議他們可以遠遠跟蹤內河船，但是不能靠近。」

「交給我們處理吧。」博士向艙外的大海上看了看，「能找到那條內河船嗎？」

「一條航速每小時二十多公里的內河船，是開不了多遠的，估計他想跑到荷蘭。」莫維爾說，「報案人看準了那條船的逃跑方向，我們沿着這個方向追下去，一定能在他跑到荷蘭前追上他。」

兩架時速達每小時二百多公里的直升機直撲案發海域，海面上，五艘摩托艇也已出海，空中和海上很快就取得了聯繫。

問明了簡單的情況後，博士在思考着什麼。本傑明扒着舷窗向外張望着，他沒有想到這次度假會遇到這樣的情況。直升機低空飛行，距離海面不到一百米，本傑明看到下面有兩艘燈火通明的萬噸巨輪，這片水域是大西洋上的北海，處於英國和荷蘭之間，屬於繁忙水域，遊輪、客輪、遠洋運輸巨輪、漁船等來來往往，非常多。

「我沒有帶導彈。」保羅在一邊懊惱地說，「這裏離倫敦不到一百公里，我原想不大會有魔怪。」

「不怪你，我們本來就是來度假的。」海倫安慰道，「主要是事發突然，否則回倫敦取導彈也來得及。」

「要是真有魔怪，我從空中就能擊中他！」保羅仍然很懊惱。

「大家注意，下面就是那條遇襲的船。」莫維爾一手持對講電話，一手指着不遠處的海面，「我們按照報警者指示的方向追擊，應該很快能追上那艘內河船。」

「本傑明、海倫，用幽靈雷達搜索海面。」博士看着海面說道，「保羅，向海面發射幽靈探測聲納。」

三個小助手開始了對魔怪的搜索。直升機也呼嘯着從被襲擊的漁船上空掠過，那艘漁船孤零零地停泊在大海上。

前排座位上的莫維爾一直在用對講電話進行聯繫，忽然，他興奮地轉過身來。

「先我們出發的摩托艇用望遠鏡發現了那條內河船，那條船距離荷蘭海岸七十公里。我們將在五分鐘後到達內河船的上空。」

「好的。」博士點點頭，「通知那些摩托艇，不要靠得太近。」

「好的。」莫維爾說，「摩托艇上沒有魔法師，他們和內河船保持着兩公里以上的距離。」

「博士，我的系統探測到了魔怪。」保羅突然説道，「直線距離十公里，海上沒有任何遮蔽探測信號的障礙物，目標信號越來越明顯了。」

「啊，博士，我也發現了。」海倫興奮地説，「在地面上我的雷達可探測不了這麼遠。」

「鎖定目標，準備登船攻擊！」博士下了命令。

「哈哈，度假期間順便抓個魔怪。」本傑明高興了，「工作和娛樂都沒有耽誤！」

「不要大意。」博士看看本傑明，隨後把頭探向前面，「莫維爾，到達目標上空後讓直升機減速同步跟進，我們跳下去。」

「好的。」莫維爾連忙説，他拿起了對講電話，「海岸衛隊注意，魔法師即將登船，魔法師即將登船……」

直升機前方的海面上，一條內河船正在奮力向前行駛着，不過無論怎麼努力，航速限制了它急於登陸的慾望，也正因為此時的大海風平浪靜，這艘平底內河船才能順利地在海上行駛這麼遠。大家看到，這條船船頭的側面寫着一個數字——19。

「我們一會唸口訣跳下去。」博士在機艙裏開始分配工作，「遇到魔怪先令他投降，不投降就立即展開攻擊：

我主攻，本傑明和海倫從側面攻擊。船的空間小，你們可以從海面上迂迴到他的身後。保羅，你沒有任何武器，不要近身攻擊……」

「博士，距離目標不到兩公里了。」莫維爾提醒道。

「好的。」博士說着把頭靠近舷窗向外看去。

「怎麼才能看出那是內河船呢？」本傑明也把頭探過去，他看到的船似乎和其他海船沒區別。

「標準的內河運輸船！」博士說道，「看那船頭，是平的，海船則是尖的；它的船底也是平的，海船船底則呈『V』字形。」

轉眼間，直升機就飛到那艘船上空，隨後，直升機開始減速，保持和內河船一樣的速度。艙內，本傑明和海倫的雷達發出強烈的魔怪反應，那魔怪就在下方。

直升機的艙門被推開了，博士向下面的船張望了一眼，他目測距離海面有五十多米。

「輕輕的身體輕輕地飄，輕輕地飄到船上去。」

隨着一句口訣聲，博士第一個跳了下去，在魔法口訣的作用下，他緩緩地落向內河船。緊接着，海倫、本傑明和保羅各唸口訣，陸續降落下來。

第三章　攻擊失敗

博士降落在了內河船前甲板上的貨艙裏，他快速向後走了幾步，來到貨艙後邊，前面不到一米的地方，就是駕駛艙了，海倫他們跟在博士身後，他們沒有急着發起攻擊，全都在貨艙邊停下來。此時，內河船繼續向前開着，沒有一點停下來的意思。

「就在裏面！」海倫看着幽靈雷達，小聲地說，「魔怪反應全部滿格了。奇怪，他應該能感知我們靠近了，怎麼不跑呢？」

博士微微思考了一下，駕駛艙裏透出了光，但是空無一人，很明顯裏面的魔怪隱身了，距離這麼近，魔怪不可能不知道被魔法師包圍，其實直升機一來他就能感知到，但他沒有跑，也許他無法在海上長時間行走，不過博士此時想不了那麼多了。

「我撒顯形粉，先把他的外形顯出來。」博士小聲說，「然後我們穿牆進去，我從正面，你倆從左右兩邊，他不投降就攻擊他。注意，魔怪應該吸了剛才那幾個被害者的血，魔力比較大。」

「好的。」本傑明和海倫一起說。

博士盯着駕駛艙，他一揚手，顯形粉當即飛了出去，微微泛着金光的顯形粉呈現出一個團狀，從正面的窗戶直撲駕駛艙。

「顯形粉穿牆！」博士大喊一聲，隨即從內河船的貨艙躍出。

兩個小助手也從貨艙躍出，一左一右從側面奔向駕駛艙。

顯形粉在口訣的控制下當即穿過玻璃，進到駕駛艙，緊接着顯形粉立即在駕駛艙散開，將裏面的魔怪完全映射出來，可就在顯形粉要散開的時候，「轟——」的一聲巨響，一道綠色的光圈出現在駕駛艙裏，隨即這個光圈急劇膨脹，顯形粉被光圈給推了出來。

「啊？」正要衝進去的博士一愣，他本想顯形粉發揮效力後緊緊逼住那個魔怪。

轉瞬間，膨脹的光圈衝到了博士身上，他還沒有來得及反應，當即就被光圈橫着推出去二、三十米，「噗通」一聲掉在海裏。本傑明和海倫的情況也一樣，他倆也被橫着推出去，全都掉進海裏。保羅躲在貨艙裏，翻了幾個跟頭。

「博士——」本傑明急得躍上甲板，對着海裏的博士大叫。

博士急忙唸出一句魔法口訣，身體迅速從海裏升起，他牢牢地站在了水面上，內河船對着他開了過來，博士正想再次跳到船上，一股綠色的氣團從駕駛艙裏直直地飛了出來，博士伸手正面阻擋，「咔」的一聲，氣團被博士攔住。

「啊——」博士慘叫起來，他迎擊氣團的手像是斷了，巨大的衝擊力將他打翻在水裏。

博士忍着巨痛，想從水裏站起來反擊，一個綠色氣團再次飛來，狠狠地砸在博士的身體上，博士痛苦地捂着被擊中的身體。

「哇——」保羅看到博士被攻擊，嚎叫着撲向駕駛艙，他想就是去咬那魔怪，也要給博士爭取喘息的機會，不過「噹」的一聲，保羅像是撞在一堵無影的牆上，身體被彈到貨艙裏。

兩枚凝固氣流彈呼嘯着一左一右飛向駕駛艙，這是落水後站起來的本傑明和海倫看到博士被攻擊後射出來的，就在兩枚氣流彈飛到駕駛艙外不到半米的地方，雙雙撞到無影無形的防護牆上，彈飛後爆炸了。博士一驚，他知道魔怪感知到了魔法師的靠近，設置了防護罩。

兩枚氣流彈剛剛爆炸，駕駛艙裏飛出四枚綠色氣團，

兩枚飛向本傑明，兩枚飛向海倫。海倫機警，躲過了第一枚，但是第二枚命中了海倫的肩膀，她被砸倒在水裏，整個身體像是散了架；另外一邊的本傑明躲閃不及，兩枚氣團全都命中了他，其中一枚砸在他的頭部，本傑明被砸暈，由於唸了漂浮咒語，他的身體飄在海上。

博士掙扎着站起來，他躲過了一枚綠色氣團，隨後接連向駕駛艙射出五枚氣流彈，氣流彈接連被彈開及爆炸。博士知道短時間攻不破那個防護罩，他一邊跑向暈過去的本傑明，一邊呼喚海倫。

「撤——海倫——保羅——我們撤——」

兩架直升機上的人清楚地看到了海面上發生的一切，小直升機上的一個警察打開艙門，舉槍向內河船的駕駛艙射擊，不過子彈全部被彈飛了。

海面上的情況有些混亂，海倫聽到博士的呼喊，忍着劇痛向博士這邊轉移，她唸了漂浮口訣，踩在水面上就像是踩在陸地上，海倫一邊跑，一邊向駕駛艙發射氣流彈，掩護博士救助本傑明。

博士飛奔到本傑明身邊，他扶起本傑明，突然博士一把撲倒本傑明，並用自己的身體護着他，此時一個綠色氣團擦着博士的頭呼嘯着飛了過去。

「啪——啪——啪——」小直升機上的警察繼續射

擊。大直升機上，莫維爾拔出手槍，也開始向內河船的駕駛艙射擊。

一股氣團突然飛出駕駛艙，這次不是對着博士來的，而是直奔小直升機，博士連忙一揮手，一道白色的電光筆直地飛向綠色氣團，就在氣團要命中直升機的時候，電光射在氣團上，氣團受到干擾，稍稍改變了方向，擦着直升機的腹部飛走了。看到被攻擊，小直升機駕駛員連忙將飛機升高起來。

「躲開——躲開——」博士抱起本傑明，向直升機跑去，一邊跑一邊招呼直升機不要靠近內河船，「海倫——掩護我——」

兩架直升機都飛向一邊，拉開和內河船的距離，博士抱着本傑明向大直升機跑去，保羅緊緊跟在後面。那邊，海倫一連射出五枚凝固氣流彈，並且控制這些氣流彈藥全部在內河船駕駛艙右側炸開，她知道攻不開防護罩，索性讓氣流彈爆炸，形成煙霧屏障以遮蔽魔怪的視線。

博士一口氣跑到大直升機下，直升機配合着開始下降，博士突然飛身一躍，他抱着本傑明飛到了直升機裏。那邊，魔怪暫時被遮蔽了視線，沒有新的綠色氣團飛出。

海倫也飛奔過來，她俯身一把抱起保羅，隨後飛身躍起，跳到直升機上，直升機迅速升起。

兩架直升機連忙急速升空。緊接着，又有兩枚綠色氣團呼嘯着各自飛向大小直升機，兩架直升機駕駛員此時高度機警，他們連忙躲避，沒有被擊中。內河船上的魔怪沒有再展開攻擊，而是一直向荷蘭方向駛去。

第四章　很多魔怪

直升機上，本傑明已經喝下了急救水，博士則拿起對講電話，撥通了荷蘭阿姆斯特丹魔法師聯合會的電話。

保羅扒着舷窗，看見內河船遠去。海倫扶着本傑明，本傑明已經睜開了眼睛，表情很痛苦。

「……估計是在海牙附近的海灘登陸，你們一定要把他截住，不能讓他登陸……」博士已經在和荷蘭的魔法師聯合會值班員通話，「注意，魔怪剛剛吸過血，魔力極大，還有魔法罩護身，你們可以把除魔火炮抬出來攻擊他。他開的是一條內河船，注意不要駕船在海上圍捕，要讓他自投羅網，一旦在海上把他逼急了，他遁入大海就不好找了……」

博士放下電話，莫維爾和大家都焦急地看着他。

「剛吸過血的魔怪在六個小時內的魔力極大，但是沒想到有這樣大。」博士說，「不過放心，以他的速度，到達荷蘭海岸前那邊的魔法師們會準備到位的，用除魔火炮直接攻擊能阻止他，直接炸死他也說不定。」

「他知道自己已經被發現了，能估算到我們在海岸有防備，那他還會登陸嗎？」海倫問。

「我們剛才靠近他的時候，他沒有躲避，他絕對能感知到魔法師接近了，不躲就是仗着剛吸完血，魔力超強。」博士解釋道，「所以他明知有魔法師也會強行登陸的，因為他只有逃到陸地上才更安全。」

「那能攔住他嗎？」海倫急切地問。

「問題不大，一是他的魔力會慢慢減弱，二是除魔火炮的威力巨大。」

「如果炸不死他，他還會回來。」保羅插話說，「博士，去倫敦取追妖導彈來吧，你說過追妖導彈和除魔火炮的原理和威力一致，只要有了導彈，我就能從直升機上攻擊他。」

「這裏距離荷蘭七十公里，按照他的速度……」博士想了想，「還有兩個多小時到達荷蘭，一旦遇阻後他還會回到海上，時間還來得及，嗯，我們現在去取導彈。」

「荷蘭的魔法師一定能攔住他，我們就把他在海上消滅。」海倫激動地握着拳頭。

「莫維爾，我們去凱辛蘭。」博士把頭伸向前排，大聲地說，「到了凱辛蘭後，海倫搭乘小直升機去倫敦取導彈。」

「好的。」莫維爾連忙說。

兩架直升機一前一後向英格蘭方向極速前進，博士檢查了本傑明的身體，本傑明已經好多了，他意識清晰，只是頭微微有些痛。

「保羅，你能分析出來嗎？那到底是個什麼樣的魔怪？」海倫看看保羅。

「我把收集到的魔怪資訊綜合分析了一遍，得到的資料不多。」保羅説，「魔怪應該是五百年以上的幽靈，嗜血，身體有傷，確切説是左臂。」

「左臂有傷？」海倫一愣。

「正面向博士發射綠色光團，有的光團力道大，有的力道小，應該是雙手輪流發射。受傷的手臂射出的光團力道就小。」保羅看着海倫，「這是左臂有傷造成的，至於傷是舊傷還是新傷，那就不知道了。」

「何種魔怪能知道嗎？」博士很關心這個問題。

「陸地魔怪，這是肯定的，否則他不會駕船橫渡北海。」保羅説，「應該不是獸類，絕對不會是海獸。」

「陸地非獸類魔怪，那就是人形了。」博士點點頭，「駕駛內河船、人形魔怪、左臂受傷、能感知我們接近、設置強大的魔法防護罩……」

博士説着陷入了沉思，他低着頭，大家都看着他，只有直升機的轟鳴聲在持續。

「莫維爾，請聯繫地面，看看薩福克郡以及相鄰的諾福克郡、林肯郡，有沒有一條失蹤的內河運輸船，編號19，我想知道魔怪駕駛的那條船是從哪裏來的？」

「已經去查了，」莫維爾說，「很快就有消息的。」

「好。」博士看看大家，又低聲說道，「內河船，幽靈船。」

「幽靈船？」本傑明望着博士。

「是呀，無人駕駛，有個幽靈在駕駛。」博士意味深長地說，「急着逃離英格蘭，還是一個左臂受傷的幽靈。」

正在這時，對講電話開始呼叫，莫維爾連忙拿起電話，進行了一番通話，他把身子轉了過來。

「索思沃爾德鎮有條入海的布萊斯河。」莫維爾大聲說，「有一條常年在這條河上跑運輸的小船失蹤了，這條船長七米，編號19，應該就是那條幽靈船。這條船原本晚上八點在河下游的黑爾斯沃思停靠，九點以後家人打電話給船主，手機關機，河道管理處用通訊電台也聯繫不上，小船下午正常運貨後空船駛向黑爾斯沃思，估計這條船就是在黑爾斯沃思上游河段出事的。」

「船上的人找到了嗎？」博士關切地問。

「沒有，船上有兩個人，全部失蹤了。」莫維爾說，

「如果是幽靈作案，估計……」

「保羅，讓我看一下索思沃爾德附近的地圖。」博士說。

保羅答應一聲，後背升起來一塊電腦熒幕，熒幕上顯示的正是索思沃爾德附近的地圖。博士用手觸動着熒幕，一會放大，一會又縮小。

「莫維爾，海上遇襲的漁船是正在返航嗎？目的地是哪裏？」博士看着地圖問。

「奧爾德堡，」莫維爾說，「在索思沃爾德南二十公里處。」

「啊，看到了。」博士的手指着奧爾德堡，「現在可以初步判定，一個幽靈在布萊斯河襲擊了一條編號19的內河運輸船，隨後駕船駛向大海，在海上正好遇到返航的漁船，他又襲擊了漁船，隨後逃往荷蘭。」

「我想也是這樣的。」本傑明把頭探向電腦熒幕，眼睛始終盯着地圖。

「莫維爾，不去凱辛蘭了，我們在凱辛蘭南邊的索思沃爾德降落，你在那裏給我們準備一艘摩托艇。」博士做出了決定，「到了以後海倫坐小直升機去倫敦取導彈，本傑明和保羅跟我上摩托艇，我們去黑爾斯沃思那邊的河道看看，最好能找到他搶奪19號內河船的地點。」

「也許那是魔怪老窩。」保羅跟着說。

「難說呀，要去看看才能確定，看看那邊有沒有魔怪反應。」博士若有所思地說。

此時，莫維爾已經拿起對講電話和地面聯繫了。

「時間上……」博士看看手錶，「現在是一點，幽靈船不到三點就能到達荷蘭，在海灘他會被阻截，隨後無論他尋找新的登陸點或是返回，總是在海上。海倫取導彈來回要將近兩個小時，我們從索思沃爾德坐摩托艇到黑爾斯沃思，不到半小時就能到……嗯，時間來得及。」

莫維爾很快就聯繫好了摩托艇，兩架直升機五分鐘後降落在索思沃爾德鎮南港口的空地上，降落後，海倫上了小直升機，小直升機隨後起飛向倫敦飛去。博士帶着本傑明和保羅向南走了幾十米，來到了布萊斯河岸邊，一艘摩托艇已經停在岸邊了。博士、本傑明和保羅上了摩托艇，他親自駕駛，並將摩托艇的前大燈打開，轟鳴着向上游開去。

「打開幽靈雷達，對河道和兩岸進行搜索。」博士看看身後的本傑明和保羅。

本傑明用雷達對着兩岸探測着，保羅則對河道進行探測。這條布萊斯河不算寬，半夜時分更無船隻往來，只有博士他們這艘摩托艇在河上急駛。

摩托艇開了二十多分鐘，他們看到在河的北岸出現了一個小鎮，由於是晚上，小鎮在路燈的照耀下顯示出這是一個居住區，博士告訴本傑明，這裏就是黑爾斯沃思鎮。

博士駕駛摩托艇駛過小鎮，大家都緊張起來，前面的水域就是編號19的內河船遇襲的地方。

「有魔怪反應！」保羅突然喊了出來，他馬上意識到這點，壓低了聲音，「北岸，不到兩公里，樹林後有四、五個魔怪。」

「四、五個？」博士一驚。

「我的幽靈雷達也有反應了，」本傑明的手微微發抖，「確實有好幾個魔怪。」

博士把摩托艇的速度降了下來，他意識到了問題的嚴重性，不知道這一向比較太平的地區怎麼會突然冒出來這麼多魔怪。

博士一邊減緩速度，一邊拿起電話，他通知倫敦的魔法師聯合會立即派大批魔法師前來幫助圍捕魔怪，這麼多魔怪可不是那麼容易就抓住的。

臨近魔怪聚集的樹林不到五百米，博士將摩托艇停靠在岸邊，他和本傑明、保羅走到岸上。

「我們先去看看是什麼樣的魔怪。大批的魔法師最快在一小時後趕到，我們先鎖定這些魔怪，防備他們轉移。」博士的聲音很低，「注意，不要靠得太近，更不能弄出大的聲響。」

前方，在月光下，隱約可見一片樹林，博士他們彎着腰沿着河岸前進，速度不快，唯恐驚動魔怪，他們向前移動了三百多米，博士擺擺手，他們在一處灌木後停下。

「保羅，有幾個魔怪？」博士問。

「五個。」保羅說。

「博士，再靠近些吧，這裏什麼都看不清。」本傑明把頭探出灌木，看了一眼，「離近些也許能看出是什麼魔怪。」

「不用了。」保羅打斷本傑明的話，「他們在向我們靠近——啊，他們來了——」

這些到底是什麼魔怪呢？

第五章　遇到哈格長老

博士一驚，本傑明也呆住了，還沒等他們反應過來，「呼呼」的一陣風聲，四個黑影轉瞬間就落在他們身邊，將他們圍住。

「攻擊——」黑暗中，一個魔怪的聲音傳來，四個魔怪立即一起撲了上來。

「自己找上來了，正好！」本傑明説着舉拳就迎擊一個撲向自己的魔怪。

「啊——」那個魔怪一拳砸來，本傑明毫無懼色，伸手迎擊，「咔」的一聲，本傑明大叫起來，和魔怪對掌後，他感覺手臂一陣劇痛，像是就要斷了，他的身體猛地倒退幾步，隨後倒在地上。

「停手，停手——」博士大喊着，他看清了一個撲向自己的魔怪，這個「魔怪」頭上長着兩個角，眼睛很大，皮膚微微地泛出綠光，後背上還有翅膀在扇動着，「是小精靈，不要打了，我是南森，魔幻偵探所的南森——」

「別打了，別打了——」保羅也高聲喊着，幾個小精靈剛撲上來，他就看到魔怪其實是小精靈。

「停手——」一個小精靈對三個伙伴高喊一聲，三個小精靈全都停下，此時只有本傑明躺在地上痛苦地呻吟。

月光下，一個小精靈走到博士身前，借着月光仔細盯着博士看，由於個子不高，他忽然跳起來，臉貼近博士的臉仔細盯着看，博士被這樣看，感到非常不自在。他已經明白了，小精靈感知魔法師或巫師的能力極強，所以自己一靠近就被發現了。

「是南森這孩子。」那個精靈落地後，扭頭看看同伴，「倫敦的那個魔法大偵探，不是巫師，警報解除。」

「你好，我是南森，請問你們是……」博士畢恭畢敬地對那個領頭的小精靈説，他知道，這幾個小精靈最年輕的也有三、四百歲了，在他們面前自己是絕對的晚輩。

「嗨，我是哈格長老。」小精靈伸出手，和博士握了握，「我説南森，在地上哼哼的那個是你的徒弟？」

「本傑明——」博士猛地想起本傑明剛才倒地了，立即轉身向本傑明跑去。

保羅站在本傑明身邊，本傑明已經坐了起來，他捂着胳膊，咧着嘴，看上去很難受。

「你還好吧？」博士蹲下來，關切地問。

「我的樣子像是好嗎？」本傑明苦笑着，「剛才是腦袋，現在是胳膊，哦，今天這是怎麼了？」

「嗨，我把你當成巫師了！」剛才和本傑明迎面對掌的小精靈走過來，「今天是你的幸運日，上次和我對掌的那個魔怪的胳膊，再也沒有見到過他的身體……」

「哈格長老，你們不住在英格蘭吧？這裏的精靈我都認識。」看看本傑明沒什麼大礙，博士站起來問。

「我們從威爾士來，」哈格點點頭，「威爾士的森尼布里奇。」

「哦，我知道，在布雷肯山北部。」博士連忙説，「你們到這裏幹什麼？」

「追殺一個幽靈，這傢伙偷襲了我們的一個長老和長老的侄子，長老傷了，侄子死了。他一路逃，我們一路追，就追到這裏來了。」哈格聳聳肩，「傍晚我和一個手下在河邊先追上那個幽靈，他打傷了我的手下，跑了，他們三個落在後面，要是我們五個一起包圍那幽靈，他一定跑不了。」

説着，哈格指了指另外三個精靈。

「什麼樣的幽靈？」博士激動起來，「人形的？」

「是的。」哈格説，「常見的那種墓地幽靈，法力很大，不好對付，你們剛才一靠近，我們還以為是幽靈請來了巫師幫手呢……」

「那幽靈的年齡在五百年以上？」博士急着問。

「是呀，有六百年。」哈格眨眨眼，「你怎麼知道？他是你的親戚？你媽媽家的還是你爸爸家的？」

「不是！」博士哭笑不得，「我確信我們對付的是同一個幽靈，這傢伙在河岸邊跑了後搶劫了一條船，跑到海上去了，我們正在圍捕他。啊，對了，那幽靈左臂有傷嗎？」

「有，是我們打的。」哈格說，「不過這傷對他影響好像不很大，說實話，這傢伙很有手段呢。」

「嗯，這個我們領教過了。」博士說，「現在看來幽靈為擺脫你們，在這條河上搶了一條船，船員估計遇害了，隨後他向海上開去，想逃到歐洲大陸去，在海上他又襲擊了一條船，造成兩人死亡！」

「啊，搶船殺人？」哈格很吃驚。

「對，我想也許他是不小心碰撞後殺害了船員。」博士判斷道，「他急着往歐洲大陸跑，應該不會以襲擊過路船隻為目的。」

「噢，說了這麼多，抓到幽靈了嗎？」哈格連忙問。

「沒有。你先稍等。」博士說着拿起電話，「我來通知魔法師聯合會收隊，剛才還以為遇到了魔怪，通知了他們……」

博士通完電話。

「哈格長老，抓那個幽靈的工作交給我們吧。」博士說，「你那個手下傷得重嗎？我這裏有急救水。」

「不重，休息幾天就好了。」哈格說，「只有你們去抓幽靈，行嗎？」

「放心吧，我們已經鎖定他了。」博士果決地說，「你們最好先不要走遠，抓到幽靈後還要請你們確認一下……」

「你這孩子真是囉嗦，一起去抓幽靈吧。」哈格說完看看兩個精靈，「你們兩個，去樹林裏照顧巴克，不要走遠。」

「是，長老。」兩個精靈一起回答。

「阿本，你跟我去。」哈格指指剛才和本傑明對掌的精靈。

「是。」叫阿本的精靈立即回答。

「好了。」哈格看看博士，「現在我們去找你那個親戚。」

「他不是我親戚。」博士連忙說，「我們和他交戰過，所以知道一些情況……」

博士走過去扶起本傑明，本傑明沒什麼大礙，大家一路走到停在岸邊的摩托艇那裏，博士邊走邊說出下一步的計劃，哈格看到摩托艇，興奮地跳了上去。

「在水上飛的鐵魚！」哈格擺弄着方向舵，「我在威爾士見過，人類的東西，哈哈，真有意思……」

「沒見過吧？」保羅在一邊有些嘲弄地說。

「會說話的鐵狗。」哈格看看保羅，「我知道，你不是真狗，你是鐵的……」

「過一會你就能見識到鐵狗的厲害！」保羅不屑地說。

「我們馬上去河口。」博士看看哈格，哈格讓開了駕駛位，「海倫應該快到了。」

摩托艇立即啟動，博士載着大家往回開去，沒一會，他們到了河口，不遠處停着大直升機，海倫還沒有回來。

博士把兩個小精靈介紹給了莫維爾，莫維爾第一次和精靈打交道，很好奇。哈格和阿本對他的問話則愛理不理，如果不是因為要擒拿幽靈，他們是絕對不主動和人類打交道的，此時他們只是對直升機感興趣，圍着直升機轉了好幾圈，還跳上去，坐在座位上晃動身體。

博士聯繫了海倫，她已經拿到了導彈，現在乘車去倫敦北郊的一個警用機場，來倫敦的時候直升機就降落在那裏。

哈格和阿本此時雙雙跳到了直升機的頂上，擺弄螺旋槳葉片，莫維爾和駕駛員在地面哀求他倆下來，他們生怕

這兩個小精靈把直升機弄壞了。

博士大聲呼喚，總算把兩個精靈叫了下來。隨後博士向哈格詢問關於幽靈的事。哈格告訴他，他們這個精靈族羣有近百個，散居在布雷肯山，布雷肯山北部有一座廢棄了近千年的古堡，古堡那有一片墓地，一個十幾人的精靈家族就住在墓地附近。本來這裏非常寂靜，不過前些天這裏出現了一個幽靈，這個幽靈無故就襲擊了臨近的精靈家族，造成精靈的一死一傷。精靈們得到消息，前去圍捕幽靈，幽靈逃脫了圍捕，向威爾士東面的英格蘭逃去，精靈們選出了五個魔法高深的同伴，由哈格帶隊，一路追趕，前天精靈們在考文垂追上了幽靈，不過讓他跑了，傍晚時分他們又在布萊斯河上游追上幽靈，結果還是給他跑了，這次他還打傷了一個精靈。

「幽靈在襲擊了內河船上的人後應該吸了血，襲擊漁船後也一樣，因此魔力短時間內非常大，這可以理解。」博士想了想說，「之前他被一路追殺都能逃脫，再之前攻擊精靈，殺死一個傷一個，這傢伙很厲害呀。」

「是的。」哈格說，「我們五個圍着他打，短時間都很難佔上風，時間長了他就頂不住了，不過他衝開包圍跑掉了。」

「你們確定他就是那個墓地幽靈嗎？」博士還有個疑

問，「不是路過的？」

「一身當地土壤的味道！」哈格解釋道，「這個我們能聞出來，在地下蟄伏幾百年然後爬出來害人，這樣的幽靈不少見。」

「明白了。」博士若有所思地點點頭。

「不用管他的來路，反正他殺害了我們的長老！」哈格憤憤地說，「我們通知了英國各地的精靈族，他跑不了的。」

「這就是他為什麼要駕船跑的原因，英國他是呆不下去了。」博士說，「精靈感知幽靈的能力極強，他躲到哪裏都會被精靈圍攻，所以他急於離開。把一條內河船開到大海上了，還好這些天天氣好，萬一海上起浪，內河船很容易翻沉。」

「法力這麼大，還要駕船逃跑？」本傑明插話問，「鑽到水裏，或者唸魔咒在水上行走，不是很容易嗎？」

「行走一小時沒問題，鑽進水裏一小時也沒問題，可是時間一長就會大量消耗魔力，如果他跨越北海到歐洲大陸，他那些魔力就會消耗光，而要恢復魔力沒有三個月是不可能的。」保羅用教訓的口氣說，「這點都忘了！」

「海倫不在，你開始教訓我了……」本傑明伸手去抓保羅，保羅連忙躲開，本傑明看看博士，又想起了什麼，

「博士，剛才那條內河船裏為什麼幽靈一直隱身？是怕被路過的其他船隻看到他的模樣嗎？」

「有這個原因。」博士說，「但不完全是，哈格長老說了，他是一個幽靈，幽靈的特點就是懼光，除非萬不得已，不會把身體暴露在光線下；而內河船駕駛艙燈光明亮，關了燈行駛有可能會撞船，所以他只好隱身，這樣對一個幽靈來講舒服些。」

「幽靈駕駛的幽靈船。」本傑明微微點了點頭。

「是呀。」博士也點點頭，他看看大家，「整個案情目前看倒是比較簡單，但是麻煩的是這個幽靈的手段眾多，魔力極強，就算是追上他，也不那麼容易制服。」

「我們有小精靈幫忙呢！」本傑明有些滿不在乎，「沒問題吧。」

「博士，你考慮得可真多呀。」保羅搖晃着腦袋，「過一會我配置上追妖導彈，只要一枚，他就完了，我來估算一下，預計當場就把他炸掉的可能性是……」

「怎麼樣？」本傑明急切地問。

「……是……咦？怎麼只有10%？」保羅一驚，「這是我最新統計的結果，哇，好低呀。」

「是呀，好低！」本傑明蹲下身子，摸着保羅，「不會是哪裏出了故障吧？」

「沒有，絕對沒有。」保羅連忙躲開，「就是這個結果，我系統完好情況是100%，這個我也能檢測出來。」

這時，博士的電話突然響了起來。

「幽靈駕船在荷蘭海牙北部十五公里的諾德韋克豪特海灘強行登陸，被除魔火炮給擋住了。」博士收起電話說道，「現在那條幽靈船返回到了海上，荷蘭方面的魔法師已經鎖定了他，我叫他們不要到海上追捕，如果他潛到海裏就更難對付。」

「你是說要在海面上消滅他？」本傑明問。

「對，隱匿進大海對一個陸地幽靈來講極其消耗魔力，不到萬不得已他不會這樣做，所以他應該還會開着那條小船在海面上尋找機會。」博士分析道，「這也就給了我們機會，我不是不相信荷蘭的魔法師，只是他們從未和幽靈近距離接觸過，不可能太了解對手，萬一大意，讓他跑了再找就難了。」

「我們一定能把他在海上消滅。」保羅堅決地說。

「我相信你們能消滅這個幽靈。」莫維爾一直在一邊聽着博士他們分析情況，由於不懂魔法事物，他一直沒怎麼說話。

「嗯，大家一起加油。」博士對莫維爾點點頭，又看看莫維爾身後的駕駛員，說完看了看手錶。

「這個海倫，怎麼還沒到？」本傑明急得跳腳，他恨不得馬上飛到荷蘭海岸攻擊那個幽靈。

「等等，」保羅突然站直了身體，雙耳豎起，「好像來了。」

第六章　空中導彈攻擊

半分鐘後，不遠的天空處果然傳來直升機的轟鳴聲，隨後，那架小直升機快速飛來，一道燈光也照射下來，本傑明邊跳邊招手。

直升機緩緩地降落下來，剛剛着陸，海倫就拉開艙門跳了下來。博士向海倫招招手，海倫跑了過來，她的手裏提着一個箱子，箱子裏有八枚追妖導彈。

「海倫，這是哈格長老，這是阿本……」博士介紹說，他在電話裏簡單地和海倫說明過遇到精靈的事。

「哇，小鐵鳥。」哈格和阿本根本就沒在意海倫的到來，他倆歡快地向小直升機跑去。

「不要碰螺旋槳——」莫維爾和大直升機駕駛員連忙跟在後面跑過去。

「別碰螺旋槳——」博士無奈地對着精靈的後背喊道，對這兩個小精靈，他一點辦法沒有，他看看海倫，「馬上安裝。」

保羅的導彈發射架已經彈了出來，海倫俯下身，開始裝彈，很快海倫就裝好了導彈。保羅收起了發射架，他晃晃身子。

「幽靈跑不了的。」

「嗨，莫維爾——哈格長老——快過來——」博士大聲衝兩個小精靈叫道。

哈格和阿本在莫維爾的催促下，有些不情願地離開小直升機，哈格剛才和阿本試着把小直升機抬起來，這可嚇壞了駕駛員和隨機警員。

「來，我們計劃一下。」看到大家都聚在身邊，博士說，「現在幽靈在荷蘭海岸，我們乘直升機過去。哈格長老，你和阿本坐小的那架，我們不到一小時就能飛到。保羅遠距離發射導彈，先轟開保護罩，再攻擊幽靈，然後我們到海上包圍爆炸點，幽靈被炸毀最好，如果受傷就攻擊他，最好抓活的。」

「快走吧！」哈格很興奮，「阿本，我們要坐鐵鳥啦！」

他倆說着就向小直升機跑去，博士他們坐上大直升機。沒一會，兩架直升機雙雙起飛，升高後向荷蘭海岸飛去。

「莫維爾先生，南森先生！」對講電話裏傳來小直升機駕駛員急促的聲音，「這位……長老說要開『鐵鳥』，啊，是直升機，他擠在我身邊，影響我……」

「哈格長老！」博士有些嚴肅地説，「我們現在是去捉拿幽靈，殺害你同伴的那個幽靈，要是吵吵鬧鬧出了差錯……」

「知道啦！知道啦！」哈格的聲音傳來，「你這孩子管得可真多！」

小直升機那裏平靜下來，駕駛員不再抱怨了。

「沒辦法。」博士苦笑着聳聳肩，他看看莫維爾，「小精靈天生頑皮，但是正義感極強，愛玩愛鬧但從不做壞事。」

「知道，」莫維爾笑了笑，「我能看出來。」

直升機在海面上急進，雖然是夜晚，但是這片繁忙水域仍有各類船隻來來往往，這些船隻哪裏知道，天上這兩架直升機正在執行極為艱巨的任務。

保羅站在直升機的右側艙門，他已經打開了魔怪預警系統，海倫就在他身邊，她手持幽靈雷達，向海面探測着。

「老伙計，發現幽靈立即報告。」博士有些不放心地叮囑，「這次攻擊不能靠得太近，否則幽靈會有所防範。」

「放心吧，博士。」

博士點點頭，他和莫維爾要了對講電話，開始和荷蘭方面通話。直升機駕駛員此時已經在被荷蘭方面的魔法師引導着飛行了。

「幽靈被轟擊後先是駕船逃到海上，距離海岸二十多公里，遠離了除魔火炮的射程。」博士開始向大家介紹情況，「現在開始向北移動，看樣子還是想在荷蘭登陸。」

「這個笨傢伙，不知道自己被鎖定了嗎？在哪裏都有除魔火炮等着他呢！」本傑明說着看了看海面。

「也許他……無路可逃，只想着能登上歐洲大陸就好。」海倫想了想，「反正他不敢回英國了，他知道小精靈在找他，英國的魔法師也在找他。」

「報告警司，報告警司，長老說飛機上沒意思，他要下去……」小直升機駕駛員的聲音再次傳來。

「哈格長老——」博士這次有些生氣了，「就要到目的地了，你再堅持一下……」

「我堅持不了了，什麼時候到呢？」哈格不滿的聲音傳來。

「博士，我用聲納發現目標了。」保羅激動地說，「距離我們十公里，信號清晰！」

「長老，發現目標了！」博士連忙說，他看看幾個小助手，「保羅發射導彈後我們一起下去。注意，這個剛剛吸血的幽靈在這幾個小時裏都會非常厲害，萬一炸不死他，會有一場惡戰！」

「明白。」本傑明回答說，「早就準備好了，要是等他的魔力減輕再攻擊，他早就跑了。」

「好。」博士用堅定地目光看看本傑明。

保羅站在艙門，他鎖定了目標，海倫和本傑明隨後也用幽靈雷達發現了目標並牢牢鎖定。

荷蘭的海面上，一條內河船基本保持着和海岸平行的方向，緩緩地向北行駛着，這條船駕駛艙裏的光透射出來，在茫茫大海上若隱若現，從直升機上望去，這條船的速度很慢，不過其實它已經全速前進了。

「距離五公里時發射導彈。」博士下了命令，「駕駛員，下降至海面五十米處。」

「明白。」駕駛員點點頭，重複了一遍命令，「下降至海面五十米。」

大直升機立即開始降低高度，降到五十米後，博士叫海倫打開右側的艙門，艙門被慢慢打開了，一股強風吹了進來，直升機螺旋槳轟鳴聲更大了。直升機此時用右側斜對着內河船，保羅站在艙門旁，他利用電磁能量，將自己牢牢鎖定在艙門旁，不至於被風吹倒或滑落到海裏。

前方的海面上，因為是黑夜，用肉眼看內河船並不是非常清楚，但是更遠的距離上，一艘巨大的、燈火通明的貨輪倒是可以看得清清楚楚。

「距離六公里了，我要發射了。」保羅測定着距離，大聲説。

「到達五公里位置，你自主發射。」博士喊道。

「明白——」

直升機繼續向前，保羅後背上的發射架已經彈出。「嗖——嗖——」兩道白光閃過，兩枚追妖導彈先後射出，駕駛艙裏頓時出現一陣白煙，但隨即被大風吹散。

兩枚導彈飛出駕駛艙，先是下降到距離海面兩米的高度，隨後調整姿態，貼着水面向前飛去，兩枚導彈相距五十米的距離。

導彈射出後，兩架直升機呼嘯着跟着導彈的彈道向前飛去。

第一枚導彈急速前進，身體和空氣的摩擦發出「吃吃」的聲音，轉眼間，前方出現了一艘緩慢行駛的小船，小船的駕駛艙透出亮光，就在導彈距離小船一公里的時候，裏面的幽靈感知到了導彈來襲，一個防護罩頓時生成。

導彈毫不留情地射向小船的駕駛艙，「轟——」的一聲巨響，導彈正面撞擊在防護罩上爆炸了。防護罩當即被炸開一個大洞，隨即，第二枚導彈穿過大洞，狠狠地撞進

19

駕駛艙裏，「轟——」的又是一聲巨響，駕駛艙在一片火光中頓時飛上了天。

「打中啦——打中啦——」本傑明激動地大喊起來，兩個爆炸火球他清楚地看到了。

「飛起來啦，幽靈飛起來啦！」海倫的幽靈雷達顯示，幽靈被炸到了半空中，隨後落了下去。

「我們準備到海上去！」博士發出新的指令。

「明白。」駕駛員回答道。

「你們要小心呀！」莫維爾關切地說。

「放心吧。」博士看看莫維爾。

直升機快速飛過去，博士第一個走到艙門旁，他扒着艙門，小半個身子探出到艙外，他們很快就飛到斷成兩截的內河船上空，博士第一個跳下去，接着，幾個小助手也跳了下去。

小直升機飛了過來，已經接到博士指令的精靈哈格和阿本也跳了下來，大家跳到海上後全部唸魔法口訣讓自己懸浮在海面之上，此時已經沒有船讓他們站立了。海面上斷成兩截的內河船沒有下沉，還浮在海上。

大家將內河船團團圍住，一步步的靠近。兩架直升機則按事先約定升高到距海面100米的位置。

「他就漂在那裏。」海倫指了指前方，那裏是兩截被炸斷的船的中間位置，「有魔怪反應，但不知死活。」

「一動不動，一定是死了。」本傑明滿不在乎地説，「剛剛死，當然有魔怪反應，不過魔怪反應正慢慢變小呢。」

迎面包圍幽靈的哈格和阿本兩個精靈則顯得非常謹慎，他倆完全沒有了平日那種嘻嘻哈哈的表情，非常小心地一步步逼近幽靈，一直擺着攻擊的姿勢。

「我看他是死了。」本傑明走上前，他看了一眼幽靈雷達，「看看，魔怪反應越來越小了。」

「我覺得也是。」保羅跟在本傑明身邊，説道。

在兩截斷船中間，海水已經平靜下來，無論是幽靈雷達還是魔怪預警系統，都顯示幽靈就在那裏，不過由於是黑夜，遠看發現不了幽靈的屍體。本傑明膽子越來越大，他大步走了過去，博士在他身旁兩、三米處，開始大家還保持着一個包圍圈形狀，本傑明的走動打破了這種形態。

「咦？看不清呀……」本傑明距離雷達標明的位置不到三米了，他疑惑起來。

「本傑明——小心——」博士看着那個地方，突然意識到了什麼。

「呼——」的一聲，一隻張開的利爪直指本傑明的咽喉，本傑明沒有察覺，還在前進。他身邊的博士飛撲過來，將本傑明推倒在地，幽靈的利爪擦破了本傑明的脖子，但沒有造成更大的傷害。

「還活着——打——」兩個精靈説着飛起來七、八米高，居高臨下撲了上去。

第七章　幽靈挾持人質

斷船之間，一個隱身的幽靈站了起來，海倫已經撒出了一把顯形粉，幽靈的輪廓立即顯現，隨後，他的全貌也都露了出來，他確實是那種墓地幽靈，披頭散髮，身穿帶斗篷的黑袍，斗篷裏露出一張骷髏臉，模樣極其可怕可憎。

兩個精靈轉眼間就落下來，四隻拳頭砸向那幽靈，幽靈雙拳出擊，「咔——」的一聲，兩個小精靈被他推得倒飛回去，幽靈也微微退了一小步。

博士和海倫趁着幽靈和小精靈搏擊的時候，從後方殺到，他倆一起伸腿踢向那幽靈，「噹」的一聲，兩人像是踢在鐵塊上，海倫差點被反彈力推倒，博士連忙扶住她，那個幽靈身體稍微前傾，不過很快站穩。

「啊——」幽靈遭到背後襲擊，發怒了，他的雙手高高舉起，隨後伸出兩掌，狠狠地拍向海面。

「轟——」的一聲，幽靈掌擊海面之處，生成了一個綠色的環形衝擊波，衝擊波突然擴大，站穩後全部再次衝上來的博士和小助手，被衝擊波橫着推倒在地。

「先不要靠近——」博士迅速站起來，他拋出一枚凝固氣流彈，「一起轟擊他！」

博士話音剛落，海倫就向幽靈射出兩枚氣流彈，緊接着，本傑明也射出兩枚氣流彈。那邊，兩個小精靈用紅色的光球射擊幽靈。

幽靈毫不慌亂，他伸手搏打着射向自己的氣流彈和光球，被彈開的氣流彈和光球飛到空中後紛紛爆炸，整個海面就像是在放煙花。

「我炸死你、我炸死你！」保羅在包圍圈外圍繞着圈跑，他不明白為什麼剛才已經炸開了幽靈的魔力防護罩，但是幽靈卻沒有被第二枚導彈炸死。保羅找着機會，想射出第三枚導彈，但是距離太近，他怕爆炸後的彈片炸到自己人。

博士此時無法去想為什麼幽靈這樣能抵抗擊打，他要用持續不斷的攻擊阻止幽靈脱逃並消耗其魔力。眼前的幽靈似乎越戰越勇，博士知道，魔怪目前氣勢很盛，和其近戰極易受傷，在稍遠距離圍攻是目前最好的選擇。

圍攻幽靈的人們一連射出了近百枚的氣流彈和光球，幽靈全部擋開，期間他還想衝向博士展開還擊，無奈包圍者火力太猛，他一點機會都沒有。

兩架直升機在天空盤旋着，看着海面上的景象，大直升機上的莫維爾和小直升機上的警察不時用槍瞄準着當中的幽靈並進行射擊，他們知道這樣作用不大，但只能用這種方式幫助博士他們。

「啊——啊——」幽靈接連擋開兩枚氣流彈，怪叫着想衝向海倫。

一枚紅色光球飛到幽靈面前爆炸，幽靈只能後退一步，這是哈格看到幽靈想主動攻擊海倫，射出光球阻止他。看到這一幕，博士猛地想到了打破僵局的招數。

「引爆氣流彈，」博士喊道，「像我這樣！」

説着，博士射出一枚氣流彈，氣流彈筆直地飛向幽靈的頭部，距離幽靈兩米時，博士大喊一聲「炸」，氣流彈隨着喊聲立即爆炸。

幽靈被近距離的爆炸震得一扭頭，但他好像不怕，所以也不躲閃，破碎的氣流彈的彈片重重地打在他身上，不過他沒受多大影響，對他造成衝擊較大的還是爆炸產生的氣浪。

「炸——炸——」大家學着博士的樣子，射出去的氣流彈和光球還沒有被幽靈擋開就提前爆炸，幽靈頓時被爆炸產生的氣浪包圍。

海面之上，不見了顯形的幽靈，只能看見一大團氣團和在氣團周圍紛紛爆炸的氣流彈和光球，還有射擊時產生光的彈道。

「保羅，瞄準他的腰部射擊。」博士大聲對身邊的保羅喊道。

「你們要躲開呀。」保羅其實一直在找機會，他只是怕誤傷。

「你一發射後我就通知大家！冒險試試吧！」博士下了決心，他也怕誤傷自己人。

保羅答應一聲，繞着包圍圈跑了一圈，持續的攻擊沒有間斷，幽靈被煙霧完全籠罩住了，他偶爾也會射出一道電光進行反擊，但不是射偏就被躲過。

「博士——」保羅在海倫身邊找到一個發射位置，他鎖定了幽靈，發射架打開，追妖導彈的彈頭直直地對着包圍圈中心煙霧裏的幽靈。他大聲提示博士，自己可以發射了。

「好！」博士一揮手。

一枚追妖導彈迅速點火。

「全都趴下——」博士大喊一聲，隨後卧倒。

導彈飛了出去，保羅左右兩邊的阿本和海倫聽到博士的喊聲，立即卧倒，哈格也聽到了博士的喊聲，同時看到保羅射出了導彈，他略微遲疑了一下，也趴在地上。保羅對面是本傑明，他的位置看不到保羅射出導彈，但如此近的距離，保羅確保導彈能命中幽靈，爆炸後彈片會被幽靈的身體阻擋，本傑明的位置是最安全的。

追妖導彈飛速射出，轉眼就飛到幽靈的眼前，魔力極高的幽靈感覺到有導彈來襲，想躲但是來不及了，他伸出右手去擋，「轟——」的一聲巨響，幽靈阻攔導彈的右臂頓時被炸斷，他也被氣浪推了出去。

本傑明聽到博士的喊聲，趴在海面上，剛剛趴下，導彈就爆炸了，幽靈的身體從他的頭頂上飛過去，隨後重重地砸在海裏。

「打中啦——打中啦——」保羅激動地大喊，「哇，還沒死——他要跑——」

保羅説着就追了上去。被炸飛到海裏的幽靈極為頑強，他的右臂垂吊着，看來是被炸骨折了，身上還插着幾個彈片，但他掙扎着從海裏爬起來，踩着水面向前跑去。

前方，一艘萬噸貨輪正在向英國方向駛去。

博士他們在爆炸過後，全都爬了起來，他們先後發現了那個蹣跚着踏着海面逃跑的幽靈，隨後都跟在保羅身後追去。

幽靈知道身後的追兵不會放過他，他一邊跑，一邊向後看了看。大家在後緊緊追趕，跑在最前面的是海倫。

「呼——」的一聲，幽靈向身後的水面射出一枚綠色的小球，發着光的小球速度極快，當即就鑽進海水下。「轟——」的一聲巨響，小球爆炸了，海水隨即升起一排極其高大的水牆，海倫想穿過水柱，結果身體重重地撞在了水牆上，就像是撞在銅牆鐵壁上一樣，身體彈了回來，倒在海面上，海倫眼冒金星，保羅跑到她身邊，詢問她的情況。

水牆那邊，幽靈飛快地奔向那艘萬噸貨輪。水牆生成之後，沒有落下，而是橫在了海面之上，擋住了大家的退路。

「本傑明，幫我一把，用鋼鐵牆撞開水牆！」博士拉住身邊的本傑明，對着空氣大喊一聲，「無影鋼鐵牆——飛——」

一堵高大的無影鋼鐵牆頓時在半空中形成，博士和本傑明一起伸出手，向鋼鐵牆推射出自己的能量，他倆身後的哈格和阿本明白了他們的意思，也雙雙推射出自己的能量。

四股能量光柱推向鋼鐵牆，鋼鐵牆在半空中飛了起來，衝着水牆就砸了過去。「轟——轟——」水牆被砸中，重重地倒在海裏，水花飛濺得很高，隨後，無影牆也掉落在海裏，又是一股巨大的水花激起。

「追——追——」博士喊着，招呼大家前進。

本傑明第一個越過剛才水牆的位置，海倫也站起跟着追趕，保羅跑在她的身邊。本傑明遠遠地看到了幽靈，那傢伙已經離那艘萬噸貨輪非常近了。

「站住——」本傑明大喊一聲，他着急了。

「嗖——」的一聲，保羅又射出一枚導彈。那枚導彈越過本傑明，急速向前面的幽靈襲去。

追妖導彈是對着幽靈的後背射擊的，這次幽靈早有準備，就在導彈要射中他的時候，他一俯身，導彈擦着他彎起的後背飛了過去，射空後的導彈沒有停下來，繼續向前，保羅突然看到那艘緩緩駛過的萬噸貨輪，驚得張大了嘴巴。追妖導彈要是命中貨輪的船體，會造成巨大的破壞。

萬噸貨輪對此當然毫無察覺，剛才萬噸貨輪上的船員看到了這邊的情況，開始還以為是哪條私家遊艇在海面上放煙火，隨後通過望遠鏡觀察到打鬥場面，並且天空中還有兩架直升機在盤旋，他們也不知道發生了什麼事，急忙向陸地的航運中心報告，中心指示他們儘快駛離這片海域。

在保羅驚慌的目光中，追妖導彈對着萬噸貨輪就飛了過去，萬幸，導彈從船尾的的側舷上兩米處飛了過去，最後落到海裏。

保羅長出一口氣，此時他也射出了全部的四枚導彈。

躲過攻擊的幽靈拚命朝着萬噸貨輪跑了過去，距離他最近的本傑明也有五十多米的距離。儘管受傷，但是幽靈的步伐沒有減慢，本傑明他們緊跟在後面。

「啊——」距離萬噸貨輪還有一百多米，幽靈大叫一聲，他的身體騰空而起，飛了起來，面前的大輪船有十米高，他飛起來穩穩地落在貨輪的中間部分。忽然，幽靈感到背後有氣流彈來襲，他一低頭，兩枚氣流彈從他的頭頂飛過。

幽靈穿過貨輪中部擺放的貨櫃，從左舷向右舷奔去，來到右舷，他猛地停下腳步。

眼前，是一望無際的大海，近處再沒有任何船隻，幽靈往後一看，博士和哈格已經飛身上了貨輪，幽靈知道，如果跳下去在海上逃，最後一定會被追上。

「喂——」一個聲音傳來，隨後，一道手電筒光射來，幽靈連忙用手捂着眼睛，有個船員走了過來，他用手電筒照射着幽靈，「你是誰？啊——」

「噹」的一聲，手電筒掉落在甲板上，船員看見幽靈的樣子，差點嚇暈過去，幽靈縱身一躍，用左臂一把就勒住船員的脖子。

「在這裏——」哈格長老喊道，他的身影隨即出現在右舷，「快——」

「不要過來——」幽靈喊道，他的聲音顯得極其低沉，「過來我就殺了他——」

幽靈挾持着人質，身體靠在右舷之上。哈格愣住了，他沒有再向前走。幾秒鐘後，博士、阿本、海倫、本傑明和保羅全都衝了過來，他們看到了眼前的一幕，都不敢上前了。

「不、不要殺我……」被挾持的船員二十多歲，此時渾身發抖，他被勒得很難發聲，艱難地哀求着。

「你不要傷害人質！」博士怒視着幽靈。

「你們後退，全部後退！快些，」幽靈喊道，「否則我就……」

「後退，我們後退。」博士連忙説，「你不要傷害人質。」

「再退，再退！」幽靈喊叫着，他看到了保羅，似乎感覺到炸斷自己手臂的就是這隻小狗，「快——退——」

大家紛紛後退，不過包圍幽靈的隊形沒有變，這時，兩架直升機也飛了過來，他們在輪船上空盤旋着，莫維爾清楚地看到了下面的場景。

第八章　巨輪上的對峙

看到博士他們後退了，一直被追捕的幽靈總算是暫時地鬆了一口氣，他把人質擋在自己身前，隨後坐在地上，身體靠在右舷護板上，人質也坐在地上，他一直不太明白這是怎麼回事。幽靈坐下後，大口地喘着粗氣。

為了不刺激幽靈，博士和魔力更高的兩個精靈盯着幽靈，博士讓海倫和本傑明帶着保羅退到一個貨櫃後面，隱蔽起來。海倫和本傑明躲到貨櫃後，探出身子就能看見那幽靈和人質。

「怎麼辦？他劫持了一個人質。」本傑明問道，「找談判專家？」

「和幽靈怎麼談？」海倫沒好氣地説，「再説誰敢和一個幽靈談判！」

一陣腳步聲傳來，幾個船員沿着右舷跑了過來，他們都用手電筒照亮，看到一個幽靈挾持着自己的同伴，又看到博士和兩個小精靈，全都呆住了。

「我是倫敦的魔法偵探南森。」博士連忙迎上去，「我們正在追捕挾持你們船員的幽靈……」

博士介紹了情況。一個年長些的男子上前一步。

「我是這條『水星號』貨輪的船長。」年長的男子一邊說一邊看着十多米外的幽靈，「我、我們該怎麼辦？啊，南森博士，我聽說過你，也在雜誌上看到過你。」

「這條船叫『水星號』？」博士問。

「對，挪威的貨輪。」

「你們要去哪裏？」

「英格蘭的樸茨茅夫。」

「是這樣，你先叫兩架直升機降落在你的船上，估計它們快沒油了。」博士說，「英格蘭薩福克郡的警察總長莫維爾警司就在上面。現在先把船停下來吧，幽靈挾持了你們的船員，而且很戒備，我們會想辦法的。」

「好的。」船長連忙說。

「船上有多少人？」博士又問。

「二十二個船員。」

「叫他們都去駕駛室，不要出來，更不要靠近這邊。」博士叮囑道。

「好的。」船長說着又向幽靈那邊看了看，「你可要救里森呀，這孩子除了話多，其他都很好的……」

「他叫里森？」博士問道。

「對，他剛到我們船上半年。」

「我會盡最大努力的。」

船長連忙答謝，隨後帶着人走了。沒一會兒，兩架直升機開始降落，這是一艘萬噸貨運巨輪，甲板上有直升機平台。

天此時已經微微發亮了，遠處的空中，有些許橘紅色霞光穿過淡淡的雲層照射過來。博士站在一個貨櫃旁，考慮着下一步的行動，現在幽靈有了人質，所以一切都要在保證人質安全的前提下進行。

「喂，你過來——」

博士正在思考着，忽然聽到一把聲音，那聲音不是小精靈的，更不是自己小助手的。

「博士，他叫你——」哈格的聲音傳來，他和阿本一直圍在幽靈身邊，盯着他的一舉一動。

博士猛然明白，剛才是那幽靈在叫自己。他連忙跑過來，看看幽靈有什麼花招。

「我知道你是他們的首領，你最好聰明點。」幽靈看到博士過來，說道，此時他已經不再大口喘氣了，看起來恢復了很多，「不要試圖發起攻擊，沒用的！」

說着，幽靈暫時鬆開了抓着人質的手，對着天空指了指，嘴裏唸了句口訣，頓時出現一個橢圓形的防護罩，防護罩呈現出淡淡的綠色螢光，隨即螢光消失了，防護罩也不見了，不過博士知道，防護罩是幽靈故意給自己看的，表示他有保護。

「看到了吧？」幽靈略有得意地冷笑一聲，「要是你們攻擊我，攻破防護罩之前我就能殺了他！」

「不要呀——」人質里森聽到這話，大叫起來。

「你不要傷害人質，有什麼事可以商量。」博士連忙擺擺手。

「沒什麼商量的！」幽靈盯着博士，骷髏狀的面孔一直讓人感到不安，「你現在叫這艘船向東開，去最近的荷蘭港口！」

「你是說去……」博士先是一愣，隨後穩定了情緒，「荷蘭？」

「對。」幽靈點點頭，「別耍花樣，我要這艘船馬上開到荷蘭去，否則我就……」

「你冷靜些，」博士立即說道，「我現在馬上去通知船長……」

博士倒退着走了兩步，隨後向駕駛艙走去，路過一排貨櫃的時候，他看到了躲在貨櫃後的海倫等人。

「博士，怎麼樣？」本傑明招招手。

「他要我們把船開到荷蘭去。」博士快速閃進貨櫃後。

如何破解幽靈的
防護罩呢？

「到荷蘭去？」保羅問，「他好像很嚮往荷蘭呀？」

「什麼嚮往荷蘭？！」海倫看看保羅，「只要船一靠岸，他就挾持着人質上岸，然後就能潛入內陸，之後我們就很難找到他了！」

「哇，好狡猾！」保羅眨眨眼睛。

「博士，那怎麼辦？」本傑明急着問。

「我去找船長。」博士説，「你們在這裏盯着幽靈，要是他想跑就幫着哈格長老展開阻截，不過他應該不會跑，我先去駕駛室了。」

博士説完，急匆匆地向駕駛室走去。這艘萬噸巨輪非常大，駕駛室在船的後部。博士上了舷梯，來到駕駛室，一個船員看博士來了，連忙拉開門。

「博士，怎麼樣？」莫維爾迎了過來。

「是呀，怎麼樣？」船長跟在後面，一副焦急的樣子。

「他要船掉頭去荷蘭，否則就殺害人質。」博士説，「他想靠岸後挾持人質在陸地上跑掉，因為踏着海面跑他會消耗大量的魔力。」

「這可怎麼辦？」船長更着急了。

「這裏能看到那幽靈嗎？」博士沒有馬上回答船長。

「可以。」船長拉着博士，走到駕駛台前，駕駛台前是全景、寬闊的前窗，船長指着船中部右舷的方向，「就在那裏。」

順着手指的方向，博士看到了貨輪中部右舷那裏的幽靈和被挾持的人質，兩個小精靈站在距離幽靈十米的地方，緊緊盯着他。

「幽靈船。」博士小聲地説了一句。

「啊？」船長聽得不是很清楚，「你説幽靈船？啊，對，是幽靈船，水星號變成幽靈船了。」

「船長，這裏距離荷蘭的哪個港口最近？」博士轉過頭問。

「哈勒姆港，在海牙北面。」船長説，「事實上我們一個小時前正是從那裏出發的。」

「我們這裏距離哈勒姆港有多遠？」

「大約三十公里。」

「好，我們慢慢掉頭，然後向哈勒姆港方向開。」博士的語氣很沉重。

「真的按照他的要求做嗎？」船長的眉頭緊鎖，「如果靠岸他就跑了，他肯定不會輕易放了里森的……」

「按照他説的做，否則里森現在就有危險，幽靈可沒那麼好騙。」博士説，「相信我，給我爭取一些時間。」

「那……好吧。」船長無奈地説。

「用最低航速前進。」博士補充道，「讓幽靈感覺到我們是在前往荷蘭，而不是原地不動。」

「我明白。」船長點點頭。

「最低速多長時間到荷蘭？」

「兩個小時。」

「兩個小時。」博士望着前方的幽靈，「我們還有兩個小時的時間……」

「還能拖延一些時間。」船長説，「不走直線，走『Z』字路線，這樣三個小時到荷蘭，他應該察覺不出來。」

「三個小時。」博士的語氣非常沉重。

「幽靈只有一條胳膊，接下來的時間一定有注意力不集中的時候，這時你們施展法術……」一直站在博士身後的莫維爾説，「發動突襲，搶下人質……」

「這傢伙很狡猾，他設置了一層防護罩。」博士解釋道，「我們攻破防護罩要花些時間，而這段時間他足以殺害人質。」

「哦，我明白了。」莫維爾連忙説，「那還是由你來處理吧，看來不能用對付人類的處置方式。」

「我會想辦法的。」博士説完看看船長，「現在開始掉頭吧，我去告訴那幽靈，時間長了他要起疑心的。」

博士出了駕駛艙，再次來到船中部。天已經開始亮了，那幽靈看到博士過來，一直盯着他。

「我已經按照你的要求安排下去了。」博士走過去，距離幽靈六、七米的距離站好，「啊，對了，你叫什麼名字？」

「船什麼時候掉頭？」幽靈根本就不回答博士的問題。

「正在掉頭，你看，這不是在掉頭嗎？」博士看看外面的大海。

水星號正在調轉龐大的身軀，大家都能感覺到。幽靈看看大海，隨後低下頭，一言不發了。被劫持的里森此時平靜了很多，已經不發抖了。

博士看幽靈什麼都不肯回答，轉身就走，他知道現在問不出什麼，他急着找個僻靜的地方想對策。

兩個小精靈監視着幽靈，博士和他們對視一下，點點頭。隨後，他來到海倫和本傑明躲着的貨櫃後。

「博士，船掉頭了。」本傑明一看到博士就說。

「是的。」博士説，「最多只有三個小時，我們就到荷蘭了，到達荷蘭前一定要把他在海上消滅。」

「他有人質在手上！」保羅咬着牙，「否則我的導彈……啊，我的導彈打光了……」

「在直升機上呢！」海倫說，「一會兒給你裝上，現在也用不上。」

「有什麼方法能快速攻破防護罩？」本傑明感覺到了緊迫性，急着想辦法，「打破防護罩搶下人質……」

「很堅固的防護罩！」博士擺擺手，「只有保羅的追妖導彈能炸開一個口子，用我們的魔力集體攻擊也不能立即打開。」

「那怎麼辦呢？」本傑明頓時急了。

「總會有辦法的！」海倫瞪了本傑明一眼，「着急不是辦法！」

「你不着急？」本傑明針鋒相對。

「會有辦法的。」博士連忙擺手，示意兩人不要吵了，「海倫，你先帶保羅去駕駛艙，莫維爾在那裏，你給保羅裝上備用導彈。」

第九章　破解難題

海倫答應一聲，帶着保羅走了。博士穿過貨櫃之間的縫隙，來到左舷，這裏非常安靜。天亮了，海面還是那樣平靜，附近有幾艘輪船正向英國方向駛去，遠遠地望去，隱約能看到荷蘭海岸。

輪船非常緩慢地向荷蘭方向開去，雖然極慢，但總在前進，這也就意味着時間在一點點的度過。

博士陷入了沉思之中，目前面臨的問題就是狡猾的幽靈挾持人質，還用防護罩保護自己，這個問題很棘手，人質的安全現在是第一位的。

「嗡——」一聲汽笛傳來，一艘比水星號更高大的巨輪不知什麼時候趕了上來，巨輪的汽笛拉響，應該是向水星號示意自己超船了，緊接着，水星號也拉響了汽笛。

那艘巨輪很快就趕了上來，和水星號平行前進，相距不到二百米，很快，巨輪就超越了水星號，開走了。

博士望着開走的巨輪，突然，他心裏一驚。這時，幽靈的喊叫聲傳來。博士連忙向右舷跑去。

「……叫那老頭過來——快——」幽靈的喊聲裏充斥

着殺氣，「快去叫——」

「等一下，」哈格沒好氣地說，「着什麼急呀！」

「快去叫——」

「來了來了。」博士飛快地跑過來，他一口氣衝到幽靈身前兩米遠的地方。

「退回去，退回去！」幽靈大喊起來，他保持着高度的警戒。里森被幽靈勒着脖子，痛苦地看着博士。

「好，我退後。」博士說着連忙退了兩步，他退到了距離幽靈六、七米遠的地方。

「喂，在耍花樣吧？」幽靈的聲音有些憤怒，「為什麼開得這麼慢？我是說船開得太慢……」

「不慢呀……」博士連忙說，「慢嗎？」

「剛剛開過去一艘更大的船，很快就超過了我們！」幽靈大喊着。

「剛才那艘船嗎？」博士剛才已經意識到幽靈可能會發現這個問題了，他保持着平靜，「確實超過我們了，我去問問，航海這種事，我不是很懂……」

「去叫他們加速！」幽靈打斷了博士的話，「要是十分鐘後速度還是這樣慢，哼……」

「別殺我！」里森立即喊起來。

「知道就好！」幽靈冷冷地一笑，「快去！」

博士答應一聲，立即向駕駛艙跑去。這個狡猾的傢伙真是難對付，不過仔細一想，幽靈如此敏感也很正常，此時正是雙方鬥智鬥勇的時候。

博士進了駕駛艙，把剛才幽靈發現水星號被超過，喊叫着要提速的事告訴了船長和莫維爾，大家都感到很震驚，幽靈看來一點機會也不留給對手。

「我們要不要提速呢？」船長此時左右為難。

「稍微提高一些。」博士説，「要讓他感到船的速度的確加快了。」

「現在就開始提速？」船長問。

「再過十分鐘。」博士想了想，「我先找個理由，能拖一分鐘算一分鐘。」

説完，博士離開了駕駛艙。他再次來到輪船中部，幽靈陰森地盯着走過來的博士，而人質里森則在和幽靈説着什麼。

「……你不要激動，要是你聽聽我的成長故事，就會平和很多。」里森對那幽靈説，「先從我上幼稚園時講起吧……」

「閉嘴！」幽靈不耐煩地喊道，他看到博士走來，「速度還沒有加快！是不是覺得我不敢殺他？」

「救命呀——」里森大喊起來，「快加速——」

「你不要激動。」博士一攤手，「剛才速度確實不快，這是因為晚上你登船的時候，我們發射了凝固氣流彈，有兩枚擊穿了……船體……」

說這話的時候，博士突然眉毛一皺，表情稍有複雜，不過他隨即恢復常態。

「擊穿船體怎麼了？」幽靈問。

「哇，擊穿了我們輪船的船體！」里森叫了起來，「船長要你們賠償嗎？很貴的！賠不起吧？怎麼這麼不小心呢……」

「閉嘴！」幽靈勒緊里森的脖子，里森連忙大叫。

「船體被擊穿後，氣流彈的撞擊和爆炸損壞了裏面的動力系統，現在運行依靠備用系統，原來的系統正在搶修……」

「別說那麼多了，什麼時候提速？」幽靈憤憤地打斷了博士。

「最多十分鐘吧！」博士微微一笑，「馬上就修好了。」

「那我等十分鐘！」幽靈瞪着博士，「別和我耍花樣，否則我就……」

「救命呀——」里森又喊起來。

「別喊啦——」幽靈被吵煩了，「再喊我就……」

「別，我不喊了。」里森慌忙說道，「這位勒着我脖子的先生，一看你就是有修養的人……啊，有修養的鬼……啊，有修養的……」

里森找不出合適的詞語，他面紅耳赤，很焦急的樣子。

輪船忽然加快了速度，博士看着大海，臉上露出興奮的表情。

「加速了，你看，明顯快多了。」

「嗯。」幽靈向外張望了一下，然後不說話了，他依然勒着里森。

「你不要把人質勒得那麼緊，」博士笑了笑，「有什麼事我們可以商量，你有什麼要求，可以和我說。」

幽靈根本就不聽博士的話，他低着頭，誰也不知道他在想什麼。

「有什麼事你可以和這位先生商量。」里森倒是顯得有些活躍，他小心地扭了扭脖子，指了指博士，「看上去他很有修養，像個大學教授，你也是有修養的……鬼……啊，人……你真不想聽我的成長故事？」

「閉嘴！」幽靈終於開口了，他惡狠狠地對里森説，隨後看看博士，「我的要求就是儘快離開你們，你們要是不聽我的話，我就殺了這個多嘴多舌的傢伙。」

「好，好，你不要激動。」博士連忙擺擺手，「我明白了，你不要傷害人質，我這就走……」

博士説着倒退幾步，隨後轉身離開。他快步走到貨櫃後，本傑明和海倫都在那裏，保羅此時已經裝好了四枚追妖導彈。

「博士，怎麼樣？」本傑明看到博士，連忙小聲問，「船加速了。」

「很狡猾的傢伙。」博士把聲音壓得很低，「不過我有辦法了……」

「什麼？」本傑明興奮地大喊一聲，海倫連忙拉了拉他的衣服，本傑明意識到自己聲音大了，連忙壓低聲音，「你有辦法了？」

「防護罩能延緩我們救人質的時間，還能保護他。」博士說，「那我們就去防護罩裏面……」

「怎麼去？」本傑明急着問。

「幽靈剛才問為什麼船航行得很慢，」博士看看本傑明，又看看海倫，「我剛才和幽靈解釋，說晚上他上船的時候我們用氣流彈攻擊他，擊穿了船體，造成動力系統損壞，當然，這是我的託辭，不過說到擊穿船體，這可提醒了我……」

三個小助手都目不轉睛地看着博士，海倫連深呼吸都不敢，唯恐干擾了博士。

「……你們看，幽靈用防護罩保護自己，但是他保護的是甲板上的自己，防護罩沒有延伸到甲板下面，我剛才和他說話的時候，用魔眼看了看，半圓形的防護罩是在甲板上的。然後我用透視眼看了甲板，下層是空的。」

「你的意思是……」海倫眨眨眼，「幽靈像是在陸地上一樣，給自己加了層防護罩，這個防護罩如果在陸地上，就能防護他的全身，因為他腳下是大地，而現在他腳下的甲板是空的，防護罩並沒有延伸到甲板下形成球形保護他。」

「等等……」本傑明擺擺手，「我好像聽懂了，你的意思是……」

「還不明白嗎？」海倫激動地説，「就是……」

「不用你告訴我！」本傑明做了一個停止的動作，「我能想出來。」

「我也好像聽懂了。」保羅搖着尾巴説，「你們要是説得再明白些我就更明白了，其實我還是不太明白，儘管我最聰明。」

「博士的意思是可以從甲板下發起攻擊，用穿牆術！」海倫兩眼放光，「甲板下有一定空間，那裏沒有幽

靈的防護罩。」

「我、我也是這樣想的，真的。」本傑明立即說。

「我也是這樣想的，我很聰明。」保羅跟着說。

「其實不是發起進攻……」博士擺擺手。

「我不是這樣想的。」保羅連忙說，「我是說我和博士想法一樣，不是發起進攻……」

「從甲板下鑽進防護罩，那麼小的空間，怎麼攻擊？雙方都施展不開手腳。」博士說，「我們可以伸手把人質拉下甲板，一拉住人質就唸穿牆術口訣，只要救下人質，那就好辦了。幽靈的右臂斷了，保羅做過測試，幽靈剩下的左臂有傷，力道低，這樣我們突然去拉人質，成功的可能性很大，不至於在解救時造成人質的損傷。」

「對，就是這樣，和我想的差不多。」保羅剛等博士說完，就搶着說。

大家都笑了。

「博士，我們這就行動，我和海倫去甲板下，搶走人質後你們就在上面猛轟防護罩，一起發力，一定能打開防護罩。」本傑明興奮地說。

「你和海倫不能去。」博士搖搖頭，「第一你們的法力不夠大，第二你們的動作還不是很敏捷，做這樣的事最好的人選就是……」

「小精靈。」本傑明和海倫一起説道。

「對，就是他們。」博士笑着點點頭，「一會兒你們去把小精靈替換下來，我告訴他們這個計劃，你們去換小精靈的時候要自然……」

博士把已經構思好的具體營救思路告訴了三個小助手，他們邊聽邊點着頭。

好戲就要開始了！

第十章　小精靈搶下人質

幾分鐘後，海倫、本傑明帶着保羅不緊不慢地從貨櫃後走了出來，他們來到小精靈和幽靈對峙的地方。

「長老，你們去休息一會吧，喝點水，這裏交給我們。」海倫走到哈格身邊說。

「你們行嗎？」哈格不放心地問。

「行。」海倫說。

「不行——」里森喊叫起來，「怎麼又派孩子來？兩個孩子換兩個孩子，大人都幹什麼呢？你們打不過我身邊這位……啊，有修養的……」

「閉嘴！」幽靈用力勒住里森的脖子。

「閉嘴！」哈格瞪着里森，「我們個子不高，但不是孩子！」

「就數你囉嗦！」海倫指着里森，然後她看看哈格，「你們去休息一會吧。」

「就是，這裏還有保羅呢。」本傑明害怕哈格不肯離開，「你們也累了。」

幽靈用仇恨和陰森的目光盯着保羅，保羅毫不示弱地回敬着他。

「好吧。」哈格看看保羅，然後走過去拉拉阿本，「走吧，換人啦，我們去休息。」

「去那邊。」海倫指了指貨櫃後面。

哈格長老和阿本走了，臨走前阿本還狠狠地瞪了幽靈一眼。他倆來到貨櫃後，博士正在那裏等着他們。

「博士，怎麼辦？」哈格看到博士就問，「現在他抓住一個愛嘮叨的傢伙……」

「我有辦法，必須由你們來完成……」博士壓低聲音，把自己的計劃告訴了兩個精靈。

哈格和阿本都覺得博士的計劃很好，博士帶着他倆來到駕駛室，然後把計劃告訴了船長和莫維爾。他們二人也非常認可這個計劃，船長親自帶着博士和兩個小精靈來到甲板下的貨艙裏，他們沿着一條通道一路前行。

「前面那裏，」熟悉輪船內部情況的船長指着前方幾米處，「上面就是輪船的中部右舷，應該就是幽靈劫持里森的地方。」

「等一下。」博士馬上叫停，他看看哈格，「我們就在這裏看看，幽靈感應小精靈和魔法師的能力較強，靠得太近被發現就不好了。」

「透視眼。」哈格和阿本早就按捺不住了，各唸口訣看着上方。

博士也唸了句口訣，他的目光頓時穿過甲板看到了上方的情況。前方七、八米處的上方正是幽靈坐着的地方，和自己所在的地方就隔着一層甲板。

「看清了。」哈格有些興奮，「我們能把那個多嘴的傢伙拉下來。」

「好。」博士點點頭，「你們在這裏用透視眼看着上面的情況，我去和幽靈説話，吸引他的注意，注意我手上的動作，我張着的手如果突然握成拳頭，就是行動信號。」

「沒問題，」阿本連忙説，「你去吧。」

博士和船長向甲板上走去。博士叮囑船長，叫所有船員都到駕駛室集合。他們來到駕駛室，船長召集來所有船員，還有莫維爾、直升機駕駛員和隨機警察。

「現在距離荷蘭海岸有多遠？」博士看了看時間，此時已經快七點了。

「十多公里。」船長説，前方的陸地越來越清楚了。

「好。」博士點點頭，「船長先生，我出去以後，會在駕駛室這裏設置一層透明防護罩，你們在駕駛台觀察着，一旦我們和幽靈交手，千萬不要走出駕駛艙。幽靈一旦脱逃，想衝進這裏再抓人質要花些時間，足夠我們追上他。千萬要記住我的話。」

「放心吧！」船長説道，「你要不要我們幫忙？」

「不用，只要你們安全地在這裏，我們就能放心地對付幽靈了。」博士説，「我設置好防護罩後，你們就出不來了，如果我不親自解鎖，防護罩大約在半小時後自動失效，你們就能出來了。」

博士又叮囑了幾句，出了駕駛艙，來到駕駛艙外，他看了看駕駛艙的大小。

「防魔罩！」博士手指駕駛艙，小聲地唸了句口訣。

一道透明的防護罩將輪船的駕駛艙包裹起來，幽靈要攻破這個防護罩，即便魔力再大，最少也要一分鐘時間。

設置好防護罩，博士透過駕駛室旁門的窗戶向裏面的莫維爾點點頭，接着他向輪船中部走去。

沿着船舷行走的博士顯得非常平靜，帶着鹹味的海風吹在他的臉上，他整理了一下頭髮，此時他看起來是那樣的若無其事。

遠遠的，海倫和本傑明在那裏一動不動地監視着幽靈，這時有説話的聲音傳來，是里森的聲音。

「……如果你放了我，我會把我積蓄的一半都給你。」里森哀求着，「雖然不多，但也足夠你享樂一陣的了……啊，我還會附送我的成長故事……」

幽靈繼續陰沉着，他一動不動。

「……這也不行？你總得給我留點呀。」里森轉轉眼睛，「要不然這樣吧，我知道一處墓地，我告訴你地點，那裏或許有女幽靈，你正好可以找個女朋友，哦，你有女朋友嗎？」

「哈哈哈……」海倫聽到這話，笑了起來，本傑明也笑了。

「嗨，笑什麼？」里森揚揚手，「你們也不管我，就站在那裏，當然我要自己救自己啦，誰都不能指望，只能靠自己……再說我的這個建議不錯，對吧？」

「你的話平常就這樣多嗎？」幽靈終於開口了。

「還好吧，我的話不多呀！」里森聳聳肩，幽靈連忙收緊手臂，里森大叫起來，「哎，我說，你放輕鬆，我是不會跑的，我跑了你就找不到女朋友了，怎麼樣？我們心平氣和地談談，你不要勒這麼緊，我難受死了……」

「你要是再多嘴，我就把你扔進大海裏。」幽靈恨恨地說。

「不說啦，絕對不說啦。」里森沒有剛才那樣恐慌了，「我是你的人質，也是你的王牌，如果把我扔進海裏你就沒有王牌了，到時對面這兩個小孩會帶着那隻小狗來咬你……」

「我把你勒個半死，看你還能說這麼多話！」幽靈開始用力勒里森的脖子了。

「啊，啊，不說了，我、我不說了……」里森的臉漲得通紅，呼吸困難。

「喂，住手！」海倫向前走了一步，「不要傷害人質！」

「退後！」幽靈立即大聲制止海倫。

「我退後，你不要傷害人質。」海倫連忙退後，她又轉向人質，「你不要多說話了……」

「我、我知道了……」里森慌忙說道。

「怎麼回事？」博士走過去問，他看到幽靈用手臂在勒里森的脖子，「喂，不要傷害人質，有什麼事可以談。」

里森不多嘴了，幽靈也慢慢放鬆了手臂。

保羅看到博士到了，開始在博士身邊跳來跳去，還猛撲博士的腳，博士躲開了，保羅又撲上來，不知道他要幹什麼。

「保羅！」博士生氣了，他指着貨櫃那邊，「去那邊，不要纏着我，也不分時候，到那邊去！」

保羅看到博士生氣了，低下頭，搖了搖尾巴，隨後向貨櫃那邊跑去。

保羅很反常，這是為什麼呢？

博士趕走了保羅，隨後對幽靈笑了笑。

「這小狗，就是貪玩。」

幽靈沒有理睬博士。

甲板下，哈格和阿本已經用透視眼看到博士在和幽靈說話，他們死死地盯着博士的手，而博士發覺幽靈依然很警惕，不敢貿然發出信號。

「啊，對了，你叫什麼名字？」博士微笑着對幽靈說，「我總要稱呼你吧？」

幽靈根本就不理睬博士，博士繼續保持着微笑。

「你放輕鬆些，你看，我們都按照你的要求去做了，船現在快了很多，你能感覺到吧？」

幽靈這次微微點了點頭。

「你的傷？」博士小心地指指幽靈的斷臂，「哦，我知道你自癒能力較強，但是你不想包紮一下嗎？或者喝點水，我知道，你們也喝水的。」

「不用。」幽靈輕輕搖搖頭。

「哦，需要的時候儘管開口。」博士說，「看看你，開始你在那條小船上多麼英勇，兩枚導彈都沒有炸傷你，後來我們一枚導彈就把你的手臂⋯⋯要是知道你會這樣，我們就不發射導彈了！」

「魔法師，你們會為我着想？」幽靈有些生氣了，

「你們就想殺了我！」

「說實話也不算為你着想啦，我們沒想到你一會能抗擊導彈攻擊，一會又不行了……」

「什麼能抗擊導彈攻擊？」幽靈憤怒了，「在小船上第一個導彈爆炸，我被震倒了，第二個跟着飛到，打在駕駛台上了，要是打中我，我就分成兩半了！還說為我想？你們這些魔法師，什麼時候為我們想過……」

幽靈越說越氣，博士連忙陪着笑臉。憤怒的幽靈說出了一個實情，博士一直對第一次的導彈攻擊有疑問，鑽進防護罩的導彈明明打了進去，而幽靈居然沒事，現在終於明白了原因，這也算是個收穫。

「別生氣，你別生氣呀！」博士揮着手，「總之，只要你不傷害人質，我們都聽你的……啊，對了，你以前住在哪裏？威爾士？」

「這個不用你管！」幽靈仍舊很憤怒，他激動地揚了揚手臂，隨即又連忙勒住里森。

「好的，好的。」博士覺得找到了機會，「我知道你不會住在威爾士的，那裏的幽靈全被我們除掉了，一個不剩……」

「不可能，我就住在那裏，我生前也住在那裏！」幽靈大喊起來。

「是嗎？威爾士的幽靈笨得很，不如英格蘭的，非常好對付！」博士開始激怒幽靈了，他的手掌張開，自然地垂了下去，「我們輕易就消滅了那裏的幽靈……」

「我很好對付嗎？想消滅我嗎？」幽靈激動地又開始揮舞手臂，「我要殺光你們……」

博士張開的手猛地握緊，他身邊的本傑明，還有甲板下的兩個小精靈全都看見了這個信號。

信號剛發出，哈格和阿本就箭一般地飛奔出去，轉眼他倆就到了幽靈坐着的甲板下，兩個精靈同時唸出穿牆術口訣，隨後縱身一躍，身體穿過甲板，半個身子露在甲板上。

「……我一個不是對付你們多個嗎？」幽靈沒有看到哈格和阿本，他太激動了，還在和博士辯論。

「啊——」里森看到兩個精靈，嚇得大叫一聲。

兩個精靈各拉着里森的一條胳膊，雙雙對着他唸了句穿牆術口訣，然後就往甲板下拖。幽靈聽到里森的驚叫聲，左臂下意識地抱住里森，看到了兩個突然冒出來的精靈，他連忙用力夾緊里森。

「啊——啊——」里森被夾得很痛，大叫起來。

「下來吧——」哈格和阿本雙雙用力，他倆的力氣大，幽靈根本毫無防備，而且還是單手，里森終於被拉到了甲板下。

看到里森被成功解救，博士、本傑明和海倫一起後仰倒地。

「保羅——」博士後仰前大喊一聲。

保羅的身影從貨櫃後飛快地閃現出來，他的追妖導彈發射架早就打開了，他剛閃身出來，一枚導彈就直直地對着幽靈飛去。

幽靈狂怒地大叫，他用手砸向甲板，想把里森搶回來，甲板被砸了一個坑。狂怒的幽靈沒有注意到一枚追妖導彈已經射來。

「轟——」的一聲巨響，導彈正好命中幽靈設置好的防護罩上，防護罩頓時被炸開一個大口子，隨後，失去遮罩作用的防護罩像風一樣散開了。

後仰臥倒的博士他們在爆炸聲後全都站了起來，爆炸產生的霧氣中，幽靈歪斜着身子也站了起來。

「捆妖繩——」海倫說着手一甩，一根捆妖繩立時飛向幽靈。

幽靈靠在船舷上，看到繩子飛來，他伸出左手，長長的食指碰到繩子後一甩，捆妖繩就被遠遠地拋到海裏。

海倫頓時愣住了，這樣輕鬆對付自己捆妖繩的魔怪還是第一次見。

「嗨——」本傑明助跑兩步，伸腿踢向幽靈，幽靈根本不躲，他用手一把抓住本傑明的腳底，隨後一推，本傑明翻倒在地。

「千噸鐵臂——」博士唸了句咒語，手臂忽然變得長長的並如鋼鐵般堅硬，他舉起手臂砸了下去，幽靈一閃身，鐵臂砸在幽靈身邊的輪船右舷上，「嘭」的一聲巨響，右舷護板被砸得彎了下去。

甲板上，對幽靈的圍攻開始了。甲板下，兩個小精靈把里森舉着跑了幾十米才停下。

「救命——救命——」里森被舉着，狂喊着。

「別喊了，你已經被救了。」哈格把里森放下來。

「我被救了嗎？」里森看看兩個精靈，「你們到底是誰呀？樣子這麼怪！」

「還嫌我們的模樣怪！」阿本生氣了，「你去找那個幽靈吧，他模樣不怪！」

「不要！」里森大喊起來，他小心地看看阿本，「不過他那樣子確實很酷，像遊戲裏的暗夜騎士……」

「聽着，多嘴的小子！」哈格指了指甲板上，「上面在抓那個幽靈，我們要去幫忙了，你馬上找個地方藏起來，如果再被抓住，你就和幽靈過一輩子吧。」

説着，哈格對阿本做了一個「走」的動作，兩個精靈

一前一後向剛才實施營救的地方跑去。

「嗨，你們就這麼走了？」里森跟了兩步，他看着比自己矮一半的兩個小精靈的背影，「留個電話和住址，我給你們學校寫一封感謝信……」

第十一章　幽靈不見了

甲板上，幽靈用一隻獨臂迎戰三個魔法師，他毫無懼色，由於是近戰，他被海倫踢了一腳，還挨了本傑明一掌，但明顯沒什麼影響，他主要躲避博士掄起來就「呼呼」地帶着風聲的千噸鐵臂，他知道被砸上後果就嚴重了。

保羅繞着圈子，他也想找機會去咬幽靈一口，能幫多少忙就幫多少。忽然，甲板下露出兩個小腦袋，正是哈格和阿本，隨後，兩個小精靈從甲板下冒了出來，他倆雙雙抱住幽靈的腰。

「博士——揍他——」哈格大喊着，阿本也跟着喊，他倆抱着幽靈，也怕被幽靈攻擊，兩個小精靈雙雙閉着眼睛，準備挨幾下打，「快——快揍他——」

「全身移位！」幽靈默唸一聲，他站着的地方留下了一個硬硬的身體，兩個小精靈就像是抱在石柱上。

「呼——」的一聲，博士的千噸鐵臂砸了過來，「咔——」的一聲，幽靈的身體像石柱那樣被砸碎了，不過隨即兩個小精靈就像是抱住了空氣一樣，什麼都沒有了。

「博士，揍他呀——」哈格閉着眼睛，幽靈不見後他抱住了阿本，阿本也抱住了他。

「哈哈哈哈——」幽靈身體被砸中的三米外，真正的幽靈身體顯現出來，他利用魔法移位術，成功地轉移了身體。

「博士——」哈格覺得不對，睜開了眼睛，「喂——阿本，你抱着我幹什麼——」

「沒有呀——」阿本也睜開眼睛，看見和哈格抱在一起，他急忙鬆開手，「啊——你抱着我幹什麼——」

「移位術？」博士一驚，他知道這個幽靈真是不簡單，剛吸了血讓他能量大增，其實就算沒吸血，這傢伙的魔力和種種手段也絕對不好對付。

「居然敢捉弄我們！」哈格和阿本雙雙跳起來，一起撲向那幽靈。

幽靈連忙接招，他擋開了兩個精靈的攻擊，這邊精靈剛剛退下，海倫和本傑明又雙雙殺到，幽靈一隻手臂應對，並不慌亂。他很狡猾，身體緊緊靠着船舷護板迎戰，這樣身後就不會遭到攻擊了。

博士揮舞着千噸鐵臂，横掃、下砸，總是被幽靈躲過。這時，船繼續向荷蘭方向駛去，博士猛地發現了這一情況。

「本傑明——去叫船長掉頭，往海上開——」博士大聲呼喊着。

本傑明退出戰鬥，他快步跑到駕駛艙，駕駛室還被博士的防護罩保護着，本傑明打不開艙門，拚命拍擊艙門。

「怎麼啦？」船長跑到艙門，大聲地問，聲音從內傳出來。

「往海上開，不要去荷蘭——」本傑明蹦跳着，指向海上。

船長恍然大悟，他連忙答應一聲，跑去掉轉船頭。

本傑明轉身回去繼續作戰，不遠處，博士他們還在和幽靈大戰，本傑明真是着急了，這次攻擊雙方都沒有使用氣流彈等魔法武器，完全是短兵相接，博士這邊想抓活的，幽靈目前只能應對。

「海倫——閃開——」本傑明飛奔幾步，隨手甩出一枚凝固氣流彈，他急着奔跑，沒有留神腳下，被一根拖在地上的鋼索絆倒，射出的氣流彈也改變了方向。

「嗖——」的一聲，偏向的氣流彈擦着海倫的腰部飛射過去，海倫嚇了一跳，如果自己後腰被擊中，那麻煩就大了。

「噹——」的一聲，氣流彈射在右舷的護板上，反彈起來，反彈的氣流彈正好砸在幽靈的側臉之上，幽靈慘叫一聲，身體側傾，哈格一腳踢在幽靈的身上，幽靈歪倒在地。

阿本飛撲上去，按住了幽靈，博士連忙用千噸鐵臂壓住幽靈的雙腿。

「本傑明——」氣呼呼的海倫瞪着跑過來的本傑明，「你確定是瞄準幽靈的腦袋射擊的？」

「嘿嘿嘿……」本傑明不好意思地笑了笑，「非常規戰術！」

「啊——啊——」幽靈掙扎着，忽然，他不動了，大家發現壓住了一個類似石柱一樣的東西。

「移位術——」博士知道幽靈又在使用移位術脱身。

幽靈的真身轉眼間出現在剛才位置旁兩米處，他剛顯身，博士的千噸鐵臂就掃了過來，幽靈急忙低頭躲過，海倫和本傑明這時殺了過來。

水星號已經調轉了船頭，全速向大海上駛去，剛才越來越近的海岸又開始漸行漸遠了。幽靈猛地發現了這一情況，顯得有些慌亂了。

「嗨——」本傑明一腳踢過來，幽靈先是閃身，隨後推開本傑明的腿。

本傑明被推開，兩個精靈的拳頭砸來，精靈這次躲閃不及，被哈格砸在肩膀上，他身體一歪，差點被砸到海裏，不過給護欄攔住了。阿本的拳頭又砸過來，他慌忙一躲，閃到了一邊。

輪船向着大海快速行駛，幽靈看看大海，又看看駕駛艙，忽然，他縱身一躍，身體跳起來七、八米高。

幽靈跳出了包圍圈，落地後向駕駛室跑去，博士一行人緊跟在他身後。駕駛艙裏的人一直在觀戰，看到幽靈跑來，裏面的人亂成一團，莫維爾他們舉起了槍，其他人也各找武器。幾個膽子小的人慌忙往人羣後躲。

「不要怕，他進不來。」船長還算鎮靜，不過他的手掌都出汗了。

幽靈明白若長時間和博士他們糾纏下去最終會被擒獲，因此他還想再抓個人質要脅魔法師，距離駕駛艙越來越近了，他一個大步起跳，再次騰空而起，嘴裏也唸出了穿牆術口訣。

「啊——」駕駛室裏的人一片驚呼，駕駛台前的船長和大副、二副連忙後退。

「噹——」的一聲，幽靈的身體重重地撞在駕駛艙的前窗玻璃上，他橫着反彈回去，落在地上，幽靈心裏一驚，他知道駕駛室有保護措施。

「嗨——」海倫飛奔過來，一拳砸向幽靈，「就你會用防護罩嗎？」

幽靈連忙一閃，躲開了海倫的攻擊，看到博士他們跟了過來，幽靈急忙又退到船舷邊，背靠着護板。博士他們轉眼就殺到，圍着他又展開了攻擊。

「好——好——」駕駛艙裏，大家全都聚到前窗，大聲給博士他們加油。

「好——」里森舉着一根鐵棍，不知道從什麼地方衝了過來，「揍他——敢綁架我——敢説我話多——」

大家輪番對幽靈展開圍攻，里森見到一個空檔，也鑽過去，他舉起鐵棍就向幽靈砸去，幽靈慌忙一閃，沒被砸到。駕駛艙裏的人看到里森也衝上去打幽靈，全都歡呼起來。

博士看到里森衝了上來，一把就把里森拉回來。

「里森，你躲起來——」

「我不怕他！」里森不情願地被拉到了包圍圈外，他猛地聽到駕駛艙傳來陣陣歡呼聲，看到大家都對自己鼓掌，他太得意了，連忙做了一個謝幕的動作，「謝謝，謝謝大家。」

「轟——」駕駛艙裏傳來一片哄笑聲，里森更得意了。他舉着鐵棍，站在博士他們後面，指手劃腳並大喊大叫，儼然一個指揮。

此時的幽靈，疲態已經漸漸顯露，被圍攻了這麼長時間，期間挨了不少拳腳，開始還仰仗着剛吸了血，魔力十足，但他身上的魔力達到一個峯值後正漸漸恢復平常狀態，加之只有一條胳膊用力，他越來越感到力不從心了。

「嗨——嗨——」幽靈一邊接招，一邊吼叫着給自己打氣，現在他最着急的是船正在遠離陸地，在海上他是無路可逃的。

「呼——」的一聲，博士的千噸鐵臂帶着風聲掃過來，幽靈躲閃不及，他咬着牙用手臂去擋，「咔」的一聲，鐵臂是被擋開了，但是幽靈感到自己的手要斷了。

「揍他——揍他——」里森的喊叫聲響徹天空，「他説我話多，我從來就是個沉默寡言的人——」

幽靈感到頂不住了，他趁着極短的攻擊間隙，斜着眼睛看看身後的大海，他一甩手，向海倫和本傑明分別射出兩道短促的閃電，兩人一躲避，哈格和阿本衝了上來。幽靈背靠着船舷護板，身體一翻，落進了茫茫大海。

博士衝向護板，他向下一看，身體落海的幽靈已經躍出水面，踏着海面向陸地方向跑去。

「追——」博士大喊一聲，縱身一躍。

「四個小孩，你們師父已經去追啦——」里森揮舞着鐵棍，「快去呀——」

「閉嘴——」哈格回頭瞪了里森一眼，隨後跟着跳向大海。

本傑明他們也跳了下去，他們的腳還未踩在水面上，全都唸懸浮咒語，身體踩在了海面上，隨後向幽靈逃跑的方向追去，保羅一邊追一邊瞄準，幽靈很狡猾，經常變化方向，他知道保羅能用導彈射擊他。

幽靈向陸地跑去，離他最近的博士距他不到一百米，而且越來越近。正在這時，一艘私家遊艇快速開了過來，遊艇上只有駕駛員一個人，他剛才用望遠鏡隱約看見萬噸貨輪的甲板上有打鬥發生，於是快速駛來，快靠近的時候，萬噸貨輪上飛下來好多人，還能在海上奔跑，這可是從沒有見到過的。

幽靈看到又有人類靠近，壞主意也跟着來了，他連忙向遊艇跑去，想再抓個人質。快速駛來的遊艇駕駛員看到迎面奔來一個面目可憎的傢伙，感到不妙，他開始調轉船頭，但是幽靈已經急速奔來。

「啊——」幽靈高喊一聲，踏着水面大步飛躍起來。

「無影鋼鐵牆——」博士察覺到了幽靈的意圖，就在幽靈起飛的同時，博士對着遊艇一甩手，一道無影鋼鐵牆豎立在了遊艇前。

「噹——」的一聲，妄圖居高臨下跳在遊艇上的幽靈，身體被重重地撞在牆上，彈了起來。

「啊——」幽靈掉落在水裏，這下他撞得很重，一時都沒有站立起來。

遊艇駕駛員愣在那裏，他不知道眼前發生了什麼，他關閉了發動機，嘴巴張得大大的。

「你跑不了的——」博士衝了上來，幽靈慌忙站起來，博士揮拳就打。

幽靈用手一擋，這時衝上來的哈格一腳踢來，重重地踢在幽靈的腰上，幽靈慘叫一聲又翻倒在水裏。

「哈哈哈哈——」阿本飛跳起來，居高臨下猛撲幽靈，他想把幽靈按住，「看你往哪裏跑！」

幽靈臉朝下，掙扎着想從水裏爬起來，阿本跳在他身上，死死地按住了他，本傑明也撲上來，按住了幽靈的腳，海倫上來就是一拳，砸在幽靈腰上。

幽靈被按着打，慘叫着，忽然，他看見海裏有一個魚羣在身下經過。

「呼——」的一聲，幽靈不見了，阿本和本傑明像是按住了一塊石頭，而這塊石頭轉瞬間也不知所蹤。

「啊？」阿本大叫一聲，「幽靈不見了——」

「是不見了——」本傑明跟着喊道。

海倫繼續用拳頭砸幽靈，結果一拳砸進海裏，水花四濺。

「移位術——」博士提醒着大家。

大家恍然大悟，等待着幽靈在附近出現，但是過了幾秒鐘，幽靈沒有出現。保羅有點慌了，他連忙用魔怪預警系統掃描海面，但是什麼都沒有發現。

「博士，幽靈不見了——」保羅急得大喊。

幽靈消失了，魔怪預警系統和幽靈雷達都失去了目標，而這一切都是在短短十幾秒裏發生的。

在場的人都盯着博士，他們全都沒有方向，不知所措。

第十二章　最佳攻擊時間

博士顯得非常鎮靜，他用透視眼開始向海底張望，這裏的海水比較清澈，不用透視眼也能看清海面下一米的地方，海平面下什麼都沒有，只有幾條小魚尾隨着一個魚羣游向海岸方向。

「他用移位術附體在魚身上了！」博士明白了，「還弱化了魔怪反應！」

「哪個魚羣？」保羅急忙用透視眼掃描了海平面下的情況，「博士，附近有三個魚羣呢，大小不一。」

「向海岸游的那個魚羣——」博士大喊着，他盯着那個魚羣，「這個時候他唯一的選擇就是海岸。」

「我們去追——」哈格説着大步向前跑去，邊跑邊招呼大家。

「等等，我們上船。」博士看到身邊就停着剛才他保護的那條遊艇。

遊艇上的駕駛員盯着博士這邊，現在都不明白發生了什麼事，不過他大概知道，這裏發生了一場追逐，而且追的人和被追的全都不是平常人，他感覺出博士是個魔法師。

博士已經跑過去跳上遊艇，他看着發愣的駕駛員。

「我是倫敦魔幻偵探所的南森，現在在追擊一個幽靈，他向海岸方向逃跑了，你能載我們去追擊嗎？」

「偵探所⋯⋯博士⋯⋯」駕駛員眨眨眼，「啊，我聽説過，都上來吧。」

大家全都上了遊艇，博士指揮着駕駛員調轉方向，向海岸追去。遊艇駕駛員很配合，也很激動。

「前面水下有個魚羣，我能看見。」博士看到前方水下兩米處有個魚羣正在向海岸方向前進，速度很快，「保持這個速度，不要超過去，跟在魚羣後。」

「好的，我聽你的。」駕駛員點點頭。

「保羅，把搜索力度設置為最高，頻率選為自動模式。」博士把保羅叫到船頭，指着前方，「看見那個魚羣了嗎？」

「看見了。」保羅説。

「用聲納搜索。」博士命令道。

保羅對魚羣射出了聲納搜索信號，很快，他就收到了反饋。

「博士，有一條魚身上的魔怪反應信號忽隱忽現，很微弱！」保羅的呼吸有些急促，「但是我確定那就是幽靈附體在魚身上，因為魚是不會有魔怪反應的。」

「好！」博士也有些激動，「鎖定他！」

「博士，你的判斷真準！」海倫欽佩地説。

「別説那麼多了，鐵狗，轟他呀！」哈格蹦跳着，「轟呀！」

「不行呀，目前信號時斷時續……」保羅焦急地説，「要是導彈射出後失去鎖定目標，就會直接掉在海裏。」

「他知道我們在找他，附體在魚身後身形變小，魔怪反應自然減小，而且他一定還努力採用法術以減小魔怪反應。」博士分析道，他想了想，「先不要射擊，這次不能射空了。」

「那怎麼辦？」哈格繼續跳着，「難道要我們釣魚嗎？還是撒網捕魚？」

「都不用。」博士說着看看駕駛員，「我們現在距離海岸多遠？」

「七公里左右。」駕駛員說。

「前方是哈勒姆海灘嗎？」博士又問。

「是的。」

博士拿起電話，打給了一直守在荷蘭海岸邊等候消息的魔法師，得知哈勒姆海灘有三個魔法師正嚴陣以待，博士告知他們幽靈正在靠近，並同時請求再派其他魔法師增援哈勒姆海灘。

「是要荷蘭的魔法師攔截嗎？」海倫看博士放下電話，問道。

「不是，只是以備萬一！」博士搖搖頭，他盯着前方的海面，「他那麼急着往岸上跑，那麼這次我們就成全他！」

「成全他？」哈格他們聽到這話，全都愣住了。

「魚是不會游到岸上的，即使那條魚被幽靈附體操控，登陸的時候也不會是一條魚走到岸上去。」博士看看大家說，「一旦登陸，幽靈就會抽出身體，恢復真身，就在他恢復真身的時候，也是身體防護最為微弱的時候，這時我們的機會就來了，接下來就要看老伙計的了！」

「是我嗎？」保羅得意地問。

「就是你。」博士俯下身，摸摸保羅的頭，「他從魚的身體裏抽出來恢復真身的時候，你發射導彈，這個時候他要是被導彈炸中，就徹底完了，所以説時機要把握好。現在還有信號嗎？」

「有，時隱時現，但是沒有中斷超過三秒鐘。」

「對你來説，他的魔怪反應在隱藏魚身的時候最弱，不好定位，離開魚身後會突然變得反應強烈，這個時間點是攻擊的最佳時段。」博士握着拳頭，「老伙計，全靠你了，我不能等你把信號資訊反饋給我再下命令，那樣機會就失去了！」

「放心吧，這個我絕對能把握住！」

「好！」

「我知道了，」哈格看看阿本，「博士這孩子是想讓幽靈在登陸的一瞬間幹掉他，這樣他也算是登上岸了。」

「對，所以説成全他。」阿本眉飛色舞，他拉拉博士的衣袖，「哈，你這孩子還真有辦法！」

博士笑了笑，他突然發現旁邊的駕駛員很緊張，頭上的汗都掉下來了。

「距離海岸還有多遠？」博士安慰地拍拍那駕駛員。

「不到五公里。」

「不要緊張，年輕人。」

「你們要在我的遊艇上射殺……幽靈？」駕駛員小心地問。

「是這樣的，不過你不要緊張，那幽靈作惡多端，你只要開好你的船，就保持這個速度，到時候聽我的指揮就可以了。」博士想緩和一下氣氛，「年輕人，你叫什麼名字，這是你的遊艇嗎？」

「我叫里爾森，這是我的遊艇。」里爾森確實放鬆了一些，「這幾天生意上的事弄得我很煩心，就駕駛遊艇出海釣魚散散心。」

「哦，我們剛才遇到一個里森。」博士看了看大家，大家都笑了起來。

「里爾森，你可真享受生活！」哈格大聲説道，「開着鐵魚出海釣魚，我想都沒有想過這樣的生活……」

「鐵魚？」里爾森眨眨眼，「啊，我明白了。你也可以的，叫上你的朋友……」

「我也可以嗎？坐着鐵魚出海？」哈格興奮地看看遊艇，「我剛才坐了鐵鳥。」

「完全可以呀，我就可以帶你出海……」里爾森熱情地説。

「博士，魚羣的速度降下來了。」保羅一直監視着水下的情況。

「好的，靠近海岸了。」博士看看駕駛員，「里爾森，我們也減緩速度。」

「好的。」里爾森放慢了速度。

「現在我們距離幽靈有多遠？」博士蹲下來問保羅，「我們不能靠他太近。」

「兩公里多。」保羅説，此時他後背上的導彈發射架已經全部彈出，「他附體在魚身上，魔性弱化，所以這個距離應該不會發現我們在跟蹤他。」

「他可不傻呀，」本傑明過來説道，「他知道我們一定不會放過他的。」

「這一點他當然明白，但是他無路可逃。」博士轉頭看看大家，「和我們打了一個晚上，各種手段全部用盡，他的魔力我看消耗得差不多了，他想儘早上岸。」

「我會讓他踏上荷蘭的海岸的！」保羅冷笑着説。

遊艇保持着均速跟在魚羣後面，里爾森看不到魚羣，全聽博士和保羅的指揮。距離荷蘭海岸越來越近了，博士接到了電話，哈勒姆海灘的魔法師嚴陣以待，大批魔法師正在增援，目前海灘上沒有其他人，所以一旦交戰，不用擔心誤傷發生。

前方的海岸越來越清晰了，這是一片平坦的海灘，空曠的海灘空無一人，再遠處，有幾處不大的房子，沿着海灘有一條公路，偶爾有一、兩輛汽車從公路上駛過。

「博士，魚羣不動了。」保羅的聲音傳來，「他們停下了，全都不動了——」

「幽靈呢？」博士急忙問。

「也停下來了——啊，他動了，他自己游向海灘了——」保羅激動地説，「現在不用區分那些長得都一樣的魚了，只有他自己在向海灘游——」

「準備攻擊！」博士下令。

「我鎖定他了，」保羅叫大家放心，「現在他距離海灘不到五百米……四百米……三百米……兩百米……他在加速……」

「里爾森，加速——」博士連忙説。

「先不要——」保羅大喊一聲，「他不動了，完全不動了，他停在海灘那裏了，距離海灘二十米！」

「停下了？」博士疑惑地問，他拍拍里爾森，「先不要加速。」

「停下來了，不動了，」保羅説，「但就是不登陸。」

「哼，那是覺得我們可能在他身後，在試探我們呢。」博士果斷地説，「里爾森，馬上掉頭，向海上開。」

「向海上開？」保羅一驚，海倫他們也愣住了，「我們不追他了？」

「孩子，你這是欲擒故縱呀！」哈格似乎看出來博士的意圖了，笑着說。

里爾森這時已經將遊艇掉頭，和幽靈前進的方向完全相反，向着海洋深處駛去。

「速度降到最慢。」博士對里爾森說，然後他看看保羅，「老伙計，你到船尾去，不用一分鐘他就會登陸的。」

「明白了，」保羅一邊跑向船尾一邊看看大家，「逼得太緊他就不出來了。」

遊艇用極慢的速度前進，保羅站到了船尾，很快就搜索到了幽靈的位置。

「博士，他動了——」保羅喊道，「他肯定以為我們失去目標了呢！」

「準備發射吧。」博士也來到船尾，他蹲下來，望着遠處的海面。

遊艇用極慢的速度拉開了和幽靈的距離，大家的心都懸了起來，他們向海灘張望着，海灘上靜悄悄的，不知道荷蘭的魔法師隱藏在什麼地方，一旦幽靈擺脫海上的跟蹤追擊，海岸上的荷蘭魔法師就是最後一道防線了。

「保羅，他動了嗎？」海倫不禁小聲問，她好像害怕遠在水底的幽靈聽到自己講話一樣。

「嗖——嗖——」兩枚導彈呼嘯着飛了出去，保羅已經發現，海底被幽靈控制的魚快速前移了二十米，到了海岸上，那條魚的頭更露出水面，轉身又游回大海，這説明幽靈的身體完全從那條魚身上脱離了。保羅抓緊時機，射出了導彈。

幽靈在荷蘭海岸登陸了，他的身體快速恢復原大，魔怪反應也突然從幾乎為零到極其強烈。

「轟——轟——」兩枚導彈全部打在幽靈登陸處，第一枚導彈就擊中了幽靈的後背，這傢伙當即被炸成兩截，第二枚導彈隨即又爆炸，將幽靈完全炸碎在海灘上。

保羅的預警系統，海倫、本傑明的幽靈雷達上，頓時出現了無數的綠色亮點，那都是被炸成碎片的幽靈殘體的魔怪反應，隨後，這些魔怪反應漸漸由大變小，直至消失。

「他真的完蛋了。」本傑明看着幽靈雷達，緩緩地説，他一直很緊張，現在終於鬆了一口氣，他抬起頭，看到了有點不知所措的里爾森，「嗨，我説老兄，掉頭吧。」

「我們去海灘。」博士也看看里爾森。

遊艇開始掉頭，隨後向海灘駛去，剛才導彈爆炸之處，煙霧正漸漸散去，一切都像什麼都沒有發生過一樣。

「嗨，鐵狗，」阿本蹲在保羅身邊，「剛才你發射導彈的樣子真是威風呀！」

「只是剛才嗎？」保羅得意地說，「我一直都很威風。」

遊艇飛速前進，博士站在船頭，迎着吹來的海風，這是一場持續的追擊，他這時才發現，整個晚上，大家都沒有休息。

里爾森駕駛的遊艇在距離海灘五十多米處停了下來，這裏不是港口，再向前遊艇會擱淺，博士他們下了遊艇，各唸懸浮咒語踏上海面，他們一起來到炸死幽靈的地方，這裏的海浪不算大，但落在海面上的幽靈殘體基本都被海水帶回海裏，只有沙灘上零星散落了一些幽靈的殘體。

「就是他。」哈格走到沙灘上，看着那些殘體，「他被徹底炸碎了。」

「博士，這傢伙真是難對付呀！」海倫走到博士身邊說。

「是的。」博士意味深長地說，「不過如果只是憑借我們偵探所的成員，結果還真的很難說。」

說完，博士走到哈格身邊，哈格看到表情嚴肅的博士，略有吃驚。

「長老，謝謝你。」博士伸出了手。

「看看你這個孩子，還這麼客氣！」哈格連忙握住博士的手，「這傢伙也是我們的敵人呀……」

「也謝謝你，阿本先生。」博士對不遠處的阿本招了招手。

「謝我？」阿本有些不好意思，「沒什麼啦……」

「謝謝你，里爾森——」博士向海面上的遊艇舉起了手，做了一個很棒的手勢。

里爾森一直站在遊艇上，看到博士揮手，他也連忙揮手致意。

遠處的海面上，一大一小兩架直升機的轟鳴聲傳來，那是莫維爾他們，他們已經接到了海倫的電話，說幽靈已經被擊斃了。

前方的沙灘後，有荷蘭魔法師從地下冒了出來，隨後快步向這邊走來，剛才他們隱蔽在那裏，此時他們知道，戰鬥結束了。

尾聲

一個月後，一個周末的下午，荷蘭和英格蘭之間的大海之上，里爾森的遊艇停在海面上，遊艇上傳出了陣陣音樂聲。

「噗通——」一聲，本傑明從遊艇最高處跳到海裏，他先是潛進海裏，隨後快速浮上水面。本傑明浮上水面後，對着站在遊艇頂部的哈格用力揮手，「長老，快跳下來，快呀！」

「不不不……」哈格邊説邊退了兩步，「使用魔法鑽地入水我可以，可是不使用魔法直接就這樣往水裏跳，我從來沒有過，我、我有點害怕……」

「怕什麼，你給我下去吧！」阿本從身後用力一推，哈格大叫着跳到了水裏，「哈哈哈，長老，怎麼樣呀？」

「阿本，小心我揍你——」哈格快速浮上水面，他揮着拳頭，「嗯，不錯，真不錯，我還要跳——啊，阿本——你幹什麼——」

「噗通——」一聲，阿本也跳了下去，差點砸到哈格，哈格連忙閃身，本傑明在一邊大笑不止。

遊艇的另一邊，莫維爾和大小兩架直升機的駕駛員以及隨機警察正在釣魚，聽到另外一邊跳水的喧鬧聲，莫維爾叫住了路過的保羅。

「嗨，保羅，拜託你去那邊和跳水的説一説，不要弄那麼大聲音，把我們的魚都嚇跑了。」莫維爾抱怨着。

「我剛才和他們説了，本傑明説讓你們也去跳水。」保羅搖着腦袋説，「我要是能跳水早就去了……」

「吃水果了。」博士和水星號萬噸巨輪的船長以及海倫各自端着水果盤從遊艇的休息室走了出來，「快來吃——」

「哦，謝謝。」莫維爾看到博士，「博士，感謝你舉辦了這個『擊敗幽靈者』派對，把我們都叫來了……」

「這是應該的，我要謝謝大家的幫助。」博士笑着説，「應該感謝里爾森，這是他的遊艇，我和他一説舉辦這個派對，他非常高興，馬上就答應了……咦？里爾森呢？」

「在駕駛艙和里森説話呢！」水星號的船長説，「里森説要找里爾森談談……喂，里森、里爾森——出來吃水果了——」

駕駛艙的門被推開了，里森和里爾森走了出來，他倆年紀相仿，長相居然也有點像。

「……生意上有什麼難處，就隨它去，心情一定要舒暢。」里森一邊走一邊對里爾森説，「生活哪裏能事事如意，對吧？你只要聽了我的生活經歷、我對待生活的態度，你就豁然開朗了。你知道，我平常是一個沉默寡言的人，從來就不愛多説話，今天我是遇到朋友了，才和你講講我的生活故事，一般人我是不講的。啊，對了，剛才我講到哪裏了？」

「嗯……你講了你的幼稚園生活……」里爾森想了想説。

「嗯，接下來是我的小學生活、中學生活，還有大學生活。」里森説，「我都要和你仔細説一説，現在從小學生活講起吧，哦，我先吃個水果潤潤嗓子……」

「這……」里爾森面有難色，「要講到大學生活，那要多長時間呀？」

「不長不長，這對於你今後的生意、生活，都有幫助。」里森從船長的果盤裏拿了兩片水果，「當然啦，要是和我最後要講的船員生活相比，我那幼稚園、小學、中學、大學生活，等於什麼都沒講……」

「哦，那……講到明天也講不完呀！」里爾森哭笑不得。

「不用着急。我們慢慢講，這遊艇不是你的嗎？」里森說着看看大家，「喂……大家都來聽我的故事——」

「不要！」水星號船長轉身就逃。

博士端着水果托盤，看看海倫，他倆都笑了起來。

推理時間

麥克警長，蘇格蘭場（倫敦警察廳）高級督察，南森和警方的聯絡人，也是一名大偵探，屢破奇案。當然，他所偵辦的都是人類世界中的案件。一起來看看他偵辦過的案件，運用你的推理能力，想一想他是如何破案的呢？

表面現象

「這是怎麼回事？」麥克警長在警察局裏，他的下屬西蒙森正在處理一宗案件，兩個人站在下屬的辦公桌前，其中一個年輕人還戴着手銬，身後站着一名警察。

「一宗搶劫案。」西蒙森説，他指着兩人中的中年人，「這位先生叫安東尼，他在一家珠寶店裏買了一顆名貴鑽石，走出去三條街就被這個年輕人搶了，這人叫約拿。不過還好，我們巡邏的同事聽到喊聲，追上去抓住了約拿。」

西蒙森説着指了指約拿。約拿被抓住，垂頭喪氣地站在那裏。西蒙森在記錄案情。

「我缺錢，就在街上找目標，我再也不敢了，我以後找份工作好好賺錢。」約拿似乎很是懊悔地説，「這次就饒了我吧。」

「現在知道後悔了……」被搶劫的受害者安東尼先生看着麥克，比劃着，「你們剛才可是沒看見，這人很兇呢，先打我一拳，隨後就從我的上衣口袋裏搶走了鑽石，我用手提包砸過去，砸中了他，不過沒用，還好有警察追上他……」

「手提包？」麥克疑惑地看着安東尼，「找回來了嗎？」

「在這裏。」安東尼指了指辦公桌的一角，「我的手提包，我來了以後就把它放在這裏了。」

「沒有任何損失，那就好。」麥克點點頭，「今後買貴重物品要小心呀，最好找個人陪伴。」

「唉，我很小心了。」安東尼説，「我在珠寶店裏買鑽石的時候，就開始注意身邊有沒有人了，不過那裏只有我自己，我還看了門外，外面也沒人盯着裏面看，而且我是背對着櫃枱的，外面即使有人也看不到是否買了什麼。後來，我買好鑽石，放進上衣口袋，出了珠寶店，一開始也很謹慎，看着四周，不過走了一會就放鬆警惕了，結果這人突然衝出來搶我的鑽石。」

「你一直跟着他嗎？」麥克突然對約拿説，手指着安東尼。

「不是，我在街上找目標，我看他穿戴很講究。」約拿說道。

「這個案件，的確是搶劫案，但我們現在看到的，都是表面現象。」麥克說着看看西蒙森，「這個案件沒那麼簡單。」

「怎麼了？」安東尼急着問。

「交代吧，你還有同夥，這一切都是你的同夥在背後指使。」麥克轉頭盯着約拿。

「啊？」約拿先是一愣，「你……你怎麼知道？」

麥克說出了原因，約拿低下頭，他確實有同夥，就是珠寶店銷售員，他其實一直在掩蓋有同夥的事實。

請問，麥克警長是如何推斷出約拿有同夥的？

答案：安東尼獨自在珠寶店裏買鑽石，隨後把鑽石放進上衣口袋裏，安東尼提着手提包走在路上。約拿要是在街上找目標，應該是搶安東尼的手提包，上去直接就搶上衣口袋裏的鑽石，一定是有人暗中告知。銷售員在安東尼走後，可以用電話明確地告訴隱藏在珠寶店附近的約拿，鑽石在安東尼的上衣口袋裏，以及安東尼的模樣、穿戴和走的方向。

魔幻偵探所 22

幽靈船（修訂版）

作　　者：關景峰
繪　　圖：陳焯嘉
責任編輯：葉楚溶
美術設計：李成宇
出　　版：新雅文化事業有限公司
香港英皇道499號北角工業大廈18樓
電話：（852）2138 7998
傳真：（852）2597 4003
網址：http://www.sunya.com.hk
電郵：marketing@sunya.com.hk
發　　行：香港聯合書刊物流有限公司
香港新界大埔汀麗路36號中華商務印刷大廈3字樓
電話：（852）2150 2100
傳真：（852）2407 3062
電郵：info@suplogistics.com.hk
印　　刷：中華商務彩色印刷有限公司
香港新界大埔汀麗路36號
版　　次：二〇二〇年三月初版

ISBN：978-962-08-7466-6

18/F, North Point Industrial Building, 499 King's Road, Hong Kong
Published in Hong Kong
Printed in China